.

SOCIÉTÉ

DES

BIBLIOPHILES NORMANDS

N° 50

—

M. ÉMILE LESENS

NOËLS NORMANDS

PUBLIÉS AVEC MUSIQUE GRAVÉE, INTRODUCTION ET NOTES

d'après deux manuscrits

appartenant à M. le Marquis des Roys

PAR

CHRISTOPHE ALLARD

ROUEN

IMPRIMERIE CAGNIARD (LÉON GY, SUC^r)

—

M D CCC XCV

INTRODUCTION

C'est en 1852 que, pour la première fois, un arrêté du Ministre de l'Instruction publique ordonna la recherche et la publication des chants populaires de la France, mais les érudits n'avaient pas attendu ces encouragements officiels pour faire sortir d'un injuste oubli les chants qui formaient pour nos aïeux l'accompagnement de toutes les cérémonies et la distraction des longues veillées.

Parmi ces chants, les cantiques spirituels composés en l'honneur de la naissance de Notre Seigneur Jésus-Christ étaient les plus nombreux. C'étaient des cantiques en langue vulgaire, dont beaucoup remontent à une antiquité très reculée, certains jusqu'au xiᵉ siècle. Loin d'être réservés aux offices religieux de la nuit et de la fête de Noël, ils étaient chantés presque à chaque foyer et dans chaque famille. Le plus grand nombre de ces chansons spirituelles, toujours touchantes et naïves, souvent triviales, n'est point parvenu jusqu'à nous : l'oubli devait atteindre, dans leur simplicité et leur grâce, ces humbles productions du génie populaire, souvent confiées seulement à la mémoire de ceux qui les répétaient d'âge en âge ; il devait les atteindre plus facilement encore qu'il n'a fait disparaître des monuments, infiniment plus durables en apparence, de l'intelligence humaine. Peut-être aussi y avait-il une certaine et fâcheuse incompatibi-lité entre le développement de la civilisation moderne, cet implacable nivellement des âmes qui en est la suite, et la poésie simple, gracieuse, sincère, familière, nullement raffinée, parlant toujours au cœur et rarement à l'esprit, faite de bonheur et de joie, voix du cœur qui palpite dans tous les vieux Noëls. « La poésie populaire, dit Montaigne (*Essais,* liv. 1, ch. LIV), qui l'avait comprise avant que les critiques s'en occupassent, la poésie populaire et purement naturelle a des naïvetés et des grâces par où elle se compare à la principale beauté de la poésie parfaite selon l'art. »

Cette source de notre vieille littérature disparut donc en grande partie, et quoi qu'il n'y ait presque pas eu une ville dotée d'une imprimerie qui n'ait publié ses recueils ou bibles de Noëls : Troyes, Paris, Lyon, Angers, Pont-à-Mousson, Le Mans, Tours, Orléans, Blois, Nantes, Vannes, Rennes, Fougères, Noyon, Mâcon, La Flèche, Metz, Langres, Saint-Jean-de-Maurienne, Châtillon-sur-Seine, etc., ces Noels, œuvres de tous, étaient bien près de n'être plus connus de personne. Le peuple, pour qui ils avaient été composés, n'avait-il pas dans la mémoire d'autres refrains, moins naïfs et moins élevés ?

On a compris, en notre siècle, que cet oubli était injuste. Beaucoup d'érudits ont recherché les vieux Noëls, et ils

en ont retrouvé un assez grand nombre. Ils en ont retrouvé
sur les rayons des bibliothèques publiques et — la publication actuelle en est une preuve — de riches bibliothèques
privées; ils ont fait une visite domiciliaire chez les paysans,
fureté dans les chaumières, interrogé les mémoires; ils
ont, d'une main amie, nettoyé et habillé à neuf les vieilles
productions du génie populaire, pieux sauvetage d'humbles
œuvres prêtes à disparaître. Et c'est un spectacle presque
touchant que la restitution de ces pièces, témoins inconnus de la foi, de la joie et de la bonne humeur de nos
pères, souvent même de leur talent poétique, et qui,
toutes, par une habitude presque ironique à tant de dis-
tance, portent fièrement au frontispice leur titre de *Noëls
nouveaux.*

D'une étude générale des Noëls français, qui coordonne-
rait en les résumant les notices nombreuses des éditeurs
qui se sont succédés depuis le siècle dernier, résulterait
cette conclusion que l'une des provinces de l'ancienne
France où le plus petit nombre de Noëls a survécu est
assurément la Normandie. Aucun recueil de Noëls publié
dans la Haute-Normandie n'est à indiquer. La Basse-Nor-
mandie est plus riche, et M. Gasté, professeur à la Faculté
des Lettres de Caen, a fait connaître par ses *Noëls virois*
de Jean Le Houx (Caen, 1862), ses *Chansons normandes
du XV*° siècle,* d'après les manuscrits de Bayeux et de Vire
(Caen, 1866), et son *Mémoire sur les Noëls et Vaudevires du
manuscrit de Jehan Porée,* que nous citons dans les notes
ci-après, quelques monuments curieux de notre littérature

B

populaire. Il ne faut pas oublier aussi, et nous mention-
nons d'ailleurs plus loin, les travaux de M. Eugène de
Beaurepaire sur la poésie populaire en Normandie.

Cette pénurie relative de Noëls normands semblerait
donner plus de valeur encore, s'il était nécessaire, aux
manuscrits dont la *Société des Bibliophiles normands* a
bien voulu nous confier la publication. C'est ce recueil de
Noels qu'il nous faut présenter au lecteur, en lui en indi-
quant l'origine, et en cherchant, le plus brièvement possible, à lui en faire apprécier l'intérêt.

Ces Noels sont la reproduction intégrale de deux manuscrits conservés par M. le Marquis des Roys, ancien
député, dans la bibliothèque de son château de Gaillefon-
taine, et la *Société des Bibliophiles normands* doit, avant
tout, adresser ses remerciements à l'honorable et savant
bibliophile qui a bien voulu, en lui communiquant ces
deux recueils, l'autoriser à les éditer.

Le premier, en papier, format grand in-8°, a encore sa
reliure ancienne, en veau, les deux plats entourés d'un
double filet d'or. On lit en lettres dorées, sur le plat antérieur, les noms

. MICHEL . DV FOUR :··

et, sur le plat postérieur

· MARIE · POVLLAIN :··

Cette reliure est assurément postérieure au manuscrit :
nous aurons, en effet, dans les notes qui suivront le texte

de cette publication, à indiquer qu'un certain nombre de
feuillets, de date et d'écriture plus récentes, ont été
ajoutés au manuscrit même, antérieurement à la reliure.
Le manuscrit, sauf ces additions, est d'une assez belle
écriture gothique ; il n'est pas cependant antérieur à
l'année 1613, car si nous n'avons pas la date exacte à
laquelle il a été transcrit, nous y trouvons plusieurs Noëls
dont l'auteur est Mᵉ Jacques de Godebille, curé de la Madeleine de Verneuil, l'ancien confesseur du roi Henri III,
et le treizième Noël dit expressément que Jacques de Godebille était décédé lors de la composition du manuscrit.
Or, d'après son épitaphe qu'on trouvera dans les notes se
rapportant au treizième Noël, Jacques de Godebille est
mort dans ses fonctions de curé de l'église de la Madeleine
de Verneuil, le 17 des calendes de mai 1613.

La partie ancienne du manuscrit, au point de vue de
l'écriture, commence au sixième Noël. Les cinq premiers
Noëls, quoique leur composition remonte certainement à
la même époque que les suivants, ont été ajoutés posté-
rieurement. Ils paraissent avoir été copiés au commencement du xviiiᵉ siècle, d'une assez belle écriture moderne.
Pour les trois premiers Noëls, chaque lettre a été ombrée
avec soin au crayon.

A partir du sixième, tous les Noëls présentent des lettres
initiales, tenant généralement la moitié de la page et
quelquefois la page presque entière. Ces lettres, très
ornées, peintes en couleurs, curieuses, mais généralement
plus bizarres que jolies, paraissent extraites de manus-

crits du xiv° siècle, dont elles ont été assez pauvrement imitées plutôt que copiées. Quelquefois, la pénurie d'imagination du copiste s'accuse d'une manière curieuse : ainsi, pour figurer le D initial du neuvième Noël, il n'a pu mieux faire que de reproduire, en le renversant, un G figuré par une chimère couronnée, à la queue enroulée. Citons parmi les enluminures les plus curieuses le G initial du douzième Noel, qui représente, comme motif principal de sa décoration, deux têtes de personnages affligés de goîtres épais, l'R initial du vingtième, qui renferme un monogramme, la scène qui termine le vingt-quatrième Noël, figurant deux valets, porteurs de blasons de fantaisie, qui s'avancent en dansant dans un paysage planté de vignes, enfin l'L initial du trente-unième Noël, figuré par un personnage coiffé d'une toque à grande plume, qui, le pied droit sur une guitare, et le gauche sur l'aile d'un oiseau, tient, d'une main, une flûte dont il joue, et, de l'autre, un verre de vin rouge.

Ce manuscrit, qui sera désigné dans les notes sous le titre de *premier manuscrit,* comprend tous les Noëls ci-après reproduits, à l'exception d'un seul, le soixante-onzième de notre publication, qui n'existe que dans le second. Il renferme donc soixante-treize Noels, sur lesquels trois, déjà publiés, n'ont pas été reproduits.

Parmi ces cantiques, quarante-deux présentent cette particularité très intéressante qu'ils sont accompagnés du motif musical sur lequel ils étaient chantés. Il faut toutefois observer que cette musique, curieuse à plus d'un

titre, est certainement postérieure aux paroles, et ne
doit pas remonter plus loin que la première moitié du
xviii° siècle. L'écriture, et, pour quelques Noëls, la facture
de la mélodie suffit pour le prouver. D'ailleurs, les portées
sur lesquelles cette musique a été notée ont été évidemment ajoutées après coup; elles se rapportent toujours au
Noël suivant, quoique tracées dans le blanc laissé à la fin
de chaque Noël; on voit même, à la suite de dix-huit
Noëls des portées qui attendent encore une musique que
le compositeur anonyme, peut-être interrompu dans son
travail par la mort, n'a pas eu le temps de transcrire. De
plus, le titre des Noëls, qui mentionne souvent les airs
connus sur lesquels ils étaient d'ordinaire exécutés, suffit
encore pour prouver la date plus récente des mélodies
notées sur le premier manuscrit. Le second recueil ne
contient pas de motifs musicaux.

Malgré cette différence entre l'époque des paroles et
celle des mélodies, et malgré la simplicité de la notation,
presque toujours formée seulement de rondes et de
blanches, et ne présentant le plus souvent de barres de
mesures, comme dans le plain-chant, qu'aux endroits où
un temps d'arrêt est nécessité par les paroles, par le
rythme ou seulement par la respiration, nous avons tenu
à reproduire la musique, à la place à laquelle elle figure
dans le manuscrit, parce qu'elle n'en présente pas moins
un incontestable et très grand intérêt. Agir autrement
eut été porter atteinte à l'intégrité du manuscrit, et
d'ailleurs il convenait de faire connaître les mélodies sur

lesquelles nos cantiques spirituels ont été certainement
exécutés, sinon à l'origine, au moins à une époque où on
les a encore longtemps chantés. Enfin, ces mélodies sont
simples, mais ne pèchent pas par la banalité ; elles pre-
sentent presque toutes les caractères nettement accusés
des modes dorien, hypo-dorien, lydien ou hypo-lydien, et
leur facture spéciale, loin de constituer, par rapport aux
paroles, un anachronisme, s'inspire nettement des pro-
cédés des vieux maîtres, bien peu connus maintenant,
d'une époque antérieure et contemporaine de nos Noëls.

On trouvera dans les notes l'indication des modes et de
la tonalité de chaque thème musical (autant du moins
qu'il a été possible de déterminer une facture souvent
incomplète ou incertaine), et le caractère que présente, à
notre sens, chaque mélodie. Nous chercherons seulement
à apprécier ici, dans leur ensemble, ces quarante-deux
compositions musicales. Comme les autres arts, la musique a ses primitifs ; ceux-là sont préparés à les goûter
qui, à l'occasion, savent préférer le dessin un peu
gauche, la physionomie naïve, la couleur amortie des
vieilles choses, à l'arrangement trop savant de quelque
œuvre d'école moderne. Nos mélodies sans accompagnement sont unisoniques ; tout en ayant un rythme,
elles ignorent le plus souvent la mesure ; elles se
meuvent habituellement avec une allure simple, dans une
région paisible, pleine de saveur archaïque. Elles nous
montrent le plain-chant confondu avec le chant populaire,
ce plain-chant dédaigné et oublié, en butte depuis long-

temps à une indifférence plus fàcheuse que l'hostilité ouverte, que l'on commence à ne plus considérer comme un art d'exception, isolé dans une sécheresse maussade, et qui se replace, au point de vue esthétique en même temps qu'au point de vue historique, dans le domaine des études classiques.

Le deuxième manuscrit est d'une écriture gothique moins belle, paraissant un peu moins ancienne ; de plus, l'encre a notablement pàli, pendant que le vélin dont se composent les feuillets de ce manuscrit (comme ceux du premier) a pris une teinte brune, parfois assez foncée. Les lettres initiales des Noëls sont moins bien dessinées et peintes ; elles sont aussi moins compliquées que dans le premier manuscrit.

Ce second recueil a fait partie de la bibliothèque du comte Alfred d'Auffay (1). Il n'avait pas alors sa reliure intacte,

---

(1) Voici en quels termes ce manuscrit est désigné dans le *Catalogue des livres rares et précieux, la plupart concernant la Normandie, composant la bibliothèque de feu le Comte Alfred d'Auffay* (Paris, L. Potier, 1863) :

« Recueil de Noëls et chansons spirituelles in-fº cart.

« Manuscrit sur papier de la fin du xviᵉ siècle, contenant quatre-vingts feuillets. Il est orné de trente-deux lettres historiées en couleur, de la grandeur des pages, et qui paraissent avoir été faites à l'imitation des lettres d'un manuscrit du xivᵉ siècle. Ce recueil se compose de Noëls et chansons de divers auteurs : on y trouve entre autres *chansons spirituelles* composées par M. Guill. Legney (*sic*), en 1780, chant royal, composé par M. Godebille, curé de la Madelaine, etc. — Les derniers feuillets sont entièrement tachés d'huile. »

et M. le Marquis des Roys a tenu à le renfermer dans une
très belle reliure en maroquin du Levant plein, à ses
armes, qui sont surmontées de la devise : *Monstrant regi-
bus astra viam.* Au verso du plat antérieur de cette reliure
a été reporté *l'ex libris* armorié du comte d'Auffay. A défaut
de l'ancienne reliure (remplacée sans doute avec avan-
tage), nous avons la date à laquelle elle avait été faite.
On a conservé, en effet, une feuille de vélin qui a dû
appartenir à cette reliure primitive, et sur laquelle on lit :

« *Jayt Esté fait relyer // En Lant 1778 averneuil // par
Mr Binieu Marre.* »

(Cette troisième ligne est d'une autre écriture que les
deux premières.)

Ce deuxième manuscrit n'a pas été terminé. Un R ma-
juscule orné, assez beau, devait former le commencement
d'un Noël qui n'a pas été reproduit. Deux autres majus-
cules, à peine finies, se remarquent encore sur les pages
suivantes, et, sous la dernière, de la même écriture que
les deux premières lignes de la mention qui précède, on
lit :

« *Luya 38 Lettre dans sait livre fit // dans ma forme,
Et differante figure conter // le 23 mars 1778.* »

Mention naïve, de laquelle il paraît résulter, soit que le
propriétaire peu lettré du manuscrit avait tenu à en noter
exactement le contenu avant de le confier au relieur, soit
simplement qu'il attachait beaucoup plus de prix aux
enluminures qu'au texte.

Enfin, on lit encore au verso du dernier feuillet écrit :

« *Lan de Grace mil six* || *Cenz Eonse le lundy cin-quiesme* || *jour de septembbre a Verneuil* || *en jugement jugement.* »

« *Du Jeudy saiziesme 1700* || *Receu…. la cousine pic-quet desmille* || *et ma tante Langlois.* »

« *A* || *moy Louis Eloy* || *demeurant a S* || *Jaan de Ver-neuil* || *1666.* »

De ces mentions, la première, qui n'a pas été terminée, est pour nous incompréhensible ; elle devait d'ailleurs avoir trait à un événement antérieur à la composition du manuscrit, car, pour les motifs ci-dessus indiqués relative-ment au manuscrit précédent, il ne peut dater de 1611 ; la seconde se rapporte à un événement de famille qui n'a pour nous aucun intérêt ; la troisième, enfin, indique le nom du propriétaire du recueil en 1666, et il est certain que Louis Eloy avait reçu ce recueil de sa famille, car on lit, à la fin du soixante-onzième Noël, d'une écriture du temps, *Eloy, 1632.*

Le trente-neuvième Noël se termine aussi par les mots *Par Eloy,* mais cette mention, d'une écriture défectueuse qui semble bien être celle du propriétaire du livre en 1666, n'indique rien quant à la date ; peut-être a-t-elle pour but de faire savoir que ce Noël, qui ne porte pas de nom d'auteur, était l'œuvre d'un de ses ancêtres. Présen-tons enfin une dernière remarque : dans le vingt-sixième Noël, *Chanson spirituelle à la louange de la Nativité de*

Notre Seigneur, composée par Maistre Guillaume Le Guey,
en l'année 1580, longue conversation, très pieuse et très
belle, entre David et les pasteurs, tous les bergers riva-
lisent à qui fera le plus beau cadeau à l'enfant Jésus :
jambon, canard, agneau, pourpoint, manteau, etc., et le
dernier pasteur, qui s'excuse de venir « sur le tard »,
offre même au divin nouveau-né « un bonnet et des gants
de peur du froid ». C'est alors que le second manuscrit
seul contient cette strophe, intercalée entre la vingtième
et la vingt-unième :

> Moy, Eloy, luy donneray
> Une chemisette,
> De peur qu'il ne soit gelé
> Dedans la créchette,
> Ou luy feray faire un manteau
> A ce jeune Messiau.

Addition faite, sans nul doute, au Noel de Le Guey, à la
demande d'Eloy ou par Eloy lui même. Peut-être n'est-il
pas téméraire de supposer même que les humbles vêtements qu'il offre à l'enfant Jésus étaient l'objet de son
commerce ou les produits de sa fabrication.

Nous savons donc à quelle famille a appartenu notre
second manuscrit ; quant au premier, la reliure seule nous
indique qu'il a été la propriété de Michel du Four et de sa
femme Marie Poullain, mais au moins avons-nous le nom
du copiste auquel nous le devons. C'est à la fin du sixième
Noël que nous relevons cette mention : « Faict par les

mains de Pierre Henry Brouderie. » Nous ne savons
d'ailleurs de cet humble artiste, qui n'était pas sans talent,
rien autre chose que son nom.

Il y aurait bien d'autres remarques à présenter sur l'aspect et les caractères extérieurs de nos manuscrits, mais
nous avons hâte d'arriver à l'étude des Noëls, qu'il con-
vient d'examiner au point de vue de leur date, de leurs
auteurs, de leur texte, de leur contenu.

Ainsi que nous l'avons déjà indiqué, en défalquant les
Noëls déjà connus, et les reproductions des Noëls qui, par
une distraction singulière du copiste, sont répétés deux et
même trois fois, nous avons sous les yeux soixante-onze
cantiques spirituels. Un de ces Noëls est une adaptation
inédite de la fameuse pastourelle de l'Ile-de-France : *Tous
les Bourgeois de Chastres*. Tous les autres Noëls sont-ils
inédits? Nous n'oserions l'affirmer, et ne pouvons déclarer
qu'une chose, c'est que nous ne les avons pas rencontrés
dans les nombreux recueils de Noëls que nous avons con-
sultés. Il en est toutefois certains, en assez grand nombre,
qui sont assurément inédits ; quelle est, en effet, l'origine
sinon de tous nos Noëls, au moins du recueil qui les contient?

Non seulement nous le savons par les indications résu-
mées plus haut, ce recueil manuscrit appartenait à une
famille de Verneuil, mais nous pouvons être certains que
les pièces dont il se compose étaient chantées dans les
églises de Verneuil et des communes voisines, et le titre
de *Noëls cernoliens* n'aurait peut-être pas été déplacé en

tête de notre publication ; nous le démontrerons à l'aide
d'indications qui ne laissent à ce sujet aucun doute.

Verneuil, qui date du xII° siècle, et qui est actuellement
un chef-lieu du canton du département de l'Eure, dans un
joli vallon que baignaient encore, il y a trois ans, les eaux
de l'Avre, était, aux xvI° et xvII° siècles, une ville assez
importante (1). Les monuments religieux y étaient nombreux : c'étaient la belle église de la Madeleine, Notre
Dame, curieux édifice, en partie du style roman primitif,
Saint-Pierre, Saint Jean, Saint-Jacques, Saint-Laurent,
l'abbaye de Saint-Nicolas, Saint-Martin. C'est pour les
habitants de ces nombreuses paroisses qu'ont été composés
les Noels qui vont suivre. Les treizième, dix-neuvième et
cinquante-neuvième Noels sont l'œuvre de M° Jacques de
Godebille, qui fut curé de la Madeleine du 4 octobre 1586
au 16 avril 1613, date de sa mort, et le quarante-huitième
Noel, composé en 1566 par Robert Godebille, est dû aussi

(1) Verneuil n'a pas, de nos jours, conservé son importance. Elle
perd aussi, chaque année, une partie de ses souvenirs, que l'Admi-
nistration municipale ne paraît pas, d'ailleurs, avoir pris soin de
conserver ni même de respecter. Tout dernièrement, l'église Saint-
Pierre a été abattue, et une école maternelle a été construite sur l'em-
placement de cet édifice ; il y a quelques années, on a démoli une
partie des murs d'enceinte et des tours construits au xII° siècle par
Henri I°r d'Angleterre, et les débris ont servi à charger les rues
et les chemins de la ville ; il y a deux ans, on a démoli également
l'ancien hôtel de ville, qui remontait à la même époque. Il ne restera
bientôt plus rien de l'ancien Verneuil.

vraisemblablement à un enfant du pays. Le soixante-
unième Noël est l'œuvre de M' Maximin Deschênes, *curé
de Saint Laurens de cette ville de Verneuil, en cette présente
année 1596;* les Noëls XXV, XXVI et XXXV sont dus à
M' Guillaume Le Guey, en son vivant vicaire de Baslines,
petit village du canton de Verneuil. Souvent, les auteurs,
connus ou inconnus, de ces cantiques, s'adressent aux
habitants de Verneuil, pour lesquels ils les avaient composés :

Noël XXXVII. — « Pour ce donc, bourgeois de Verneuil... »
— LI. — « Vernoliens, je vous prie humblement... »
— LXI. — « Sus donc, Vernolien, demande à ce grand Roy... »

Enfin, dans le Noël L, adaptation de la pastourelle des
Bourgeois de Chastres, une partie des églises de Verneuil
sont énumérées :

> Et tout droict à Sainct Jehan
> Vindrent dansant, chantant...
> Puis ceux de Sainct Martin,
> Tous en procession...
> Puis eussiez vu venir
> Tous ceux de Sainct Laurens...

Nous sommes donc bien, à n'en pas douter, en présence
d'un recueil normand, spécialement destiné aux habitants
de Verneuil.

De quelle époque sont les Noëls qui le composent? Sauf
deux ou trois, évidemment intercalés à une époque postérieure, et dont l'écriture comme les paroles décèlent l'origine récente, leur composition paraît bien se placer entre

le milieu du xvi° siècle et les premieres années du xvii°. Il n'y a-pas à s'arrêter plus que de raison à l'indication de *Noel ancien* ou *Noël nouveau* qui se trouve souvent dans le titre, car elle paraît avoir été maintes fois reproduite par le copiste, d'après le plus ou moins d'ancienneté du manuscrit d'où il extrayait le cantique plutôt que suivant la date même du chant. C'est ainsi que les Noëls XXIV, XLIII et LVI, portant tous trois la date de 1597, sont qualifiés de *Noël fort antien* et *Noel fort antique,* et que les Noels XLVIII, LIX et LXI, qui sont datés respectivement de 1566, 1581 et 1596, portent chacun le titre de *Noel nouveau.* Quoiqu'il en soit, nous trouvòns dans le manuscrit quinze Noëls datés au moins approximativement : le Noël XXXIII fut composé en 1545 par le comte d'Alsinoys (Nicolas Denisot. — *V.* note sur ce Noël), le XLVIII° est de 1566, le XXVI° de 1580, ce qui permet de placer aux environs de la même année les Noëls XXV, XXX et XXXIV du même auteur; le LIX° de 1581, le LXI° de 1596, les XXIV°, XXVII°, XXVIII° et XLIII° de 1597, le LII°, d'après une date insérée dans la seconde strophe, de 1598 ; enfin, les XIII° et XIX° ont été composés par Godebille, nous l'avons déjà dit, avant 1613. Quant au Noël LXXI, s'il se termine par *Eloy 1632,* il faut voir plutôt dans cette mention la date de la copie que celle de la composition.

Entrons maintenant, il en est temps, dans l'examen intrinsèque des Noëls que nous avons sous les yeux. Nous voudrions faire partager au lecteur un peu du plaisir que nous avons eu à les étudier. Au moyen âge le peuple criait

Noël en signe de réjouissance, dans toutes les occasions solennelles comme dans toutes les fêtes publiques : ce sentiment de joie est encore celui auquel obéissaient les auteurs de ces Noëls comme ceux qui les chantaient. C'est souvent même une joie exaltée et débordante, et tel Noël semble plutôt une ronde villageoise dansée qu'un cantique. Voici, par exemple, le quatorzième :

> Il est nay, le fils Marie,
> Naulet du naulet et naulet nau,
> Il est nay en Béthanie,
> Nay sire nay et nay du nay
> Et naulet du
> Naulet et naulet nau.

Suivent quatorze strophes du même style, plus faciles à chanter et à danser qu'à comprendre.

Une grande partie de ces pièces, la moitié environ, sont des pastorales, et quelquefois de véritables scènes dont les bergers et les bergères forment les personnages. Ces bergers s'appellent Robinet, Tiennot, Thierry, Héméry, Guillot, Bertault, Michault ou Michau, Cendrin, Ragot, Thibault, Persillet, Geffrelin, Verdillet, Hugot, Jehan, Jules, Henry, Perruchot, Pappin, Danobis, Drouin, Ninard, Collin, Robin, Collinet, Eloy, Perrin, Jacquin, Freté, Marquet, Perrot, Eustache, Guymon, Talebot, Coquart, Jehan Huguet, Jacotin, Alory, Francin, Menalcas, Claudin, Obeth. Les bergères se nomment Margot, Naudine, Tiennotte, Alizon, Bourette, Guillemette, Gillette, Jaquette, Janeton, Balison ou Salicon. Le thème de ces pastorales est toujours, natu-

rellement, à peu près semblable. Les bergers viennent
d'apprendre par l'ange et se communiquent les uns aux
autres la bonne nouvelle. Les uns y croient, d'autres
doutent, d'autres se refusent à ajouter foi au miracle, et
on finit toujours par décider de se rendre tous en corps
pour voir l'enfant-Dieu nouveau né. Pendant l'absence des
bergers, les troupeaux se garderont tout seuls. On part;
le voyage s'effectue joyeusement, et est souvent égayé de
plaisanteries villageoises. On arrive à Bethléem, où les
bergers adressent à l'enfant Jésus les épithètes les plus
familières : « Mon petit mignon, mon petit mouton
biquet. » (Noël IX, etc.) Là où la scène varie, et l'imagination des auteurs devient inépuisable, c'est dans l'énumération des cadeaux offerts à l'enfant divin par les bergers. Cette énumération mérite d'être résumée, et voici le
relevé exact de tous les présents des pasteurs (1) :

Noël II.   Robinet bouillant d'envie
      De lui donner son agneau,
      Tiennot son gras estourneau
      Avec son cœur sacrifie...

Noël VII.   Advisons quels dons, sans soucy,
      Nous porterons au fruit de vye :
      Je luy donneray ma toupie,

---

(1) Ne peut-on pas rapprocher de ces dons naïfs une peinture
découverte à Rome, dans la Catacombe de Saint-Marcellin, sur la
voie Nomentane, et représentant les Mages en costume oriental, qui
offrent à l'enfant Jésus des petites poupées ?

Et moy mon gros toupin aussy,
Mon beau petit arc et ma vire
Et mon flageollet que voicy.

O bon Naulet, mon doux amy,
Toy je te donne ma toupie,
Et moy mon gros toupin aussy,
Mon beau petit arc et ma vire,
Et moy aussy, par chère lie,
Mon beau flageollet que voicy,
Davantage, sans menterie,
Mon âme et tout mon corps aussy.

Noël IX.

Chacun fait present
A l'enfant courtois
De tous leurs moiens,
Comme pouvez voir :

Bourette une saussisse,
Perruchet une hastille,
Pappin avec une anguille,
Danobis une escrevisse,
Jehan Drouin un estourneau,
Ensemble Ninard son linot...

Noël XVII.

ROBIN

Que donneras-tu, Collin,
A ceste vierge nourice ?

COLLIN

Je luy donneray du boudin
Et aussy de la saussisse
Faicte au sel et à l'espice...

Noël XXVI.

UN PASTEUR

Je porteray, pour ma part,
Un jambon et un canart.

AUTRE PASTEUR

Je luy donneray un aigneau,
Le plus beau que j'aye,
Mon pourpoinct et mon manteau...

DAVID

Pour resjouir cest enfant,
Porteray ma harpe,
Un psalme j'iray sonnant,
Et, dans mon escharpe,
Porteray deux perdreaux
Que j'ay prins à mes gluyaux.

PASTEUR

Et moy, qui viens sur le tard,
Tout plain de froidure...
Je luy donneray un bonnet
Et des gands de peur du froid.

Moy Eloy, lui donneray
Une chemisette,
De peur qu'il ne soit gelé
Dedans la crèchette,
Ou luy feray faire un manteau,
A ce jeune Messiau.

Noël XXVII. Nous manderons Gillette
Pour luy faire un gasteau...

L'un apporta sa bille
Et son pannier plain d'œufs,
L'autre apporta sa quille
Et deux billarts tout neufs,
Et l'autre sa houllette,
Perrin et Jacquin et Guillemette,
Et l'autre sa houllette
Et son petit billart.

Noël XXVIII.   Freté, prends un gaumichon,
Et Robin la gouyère ;
Je porte un petit cochon
Dedans ma panellire,
Bien refaict, gras et poly .
Mon Dieu, qu'il sera joly !

Aions de l'enfant le soing
En ce qu'est nécessaire ;
J'ay du linge à son besoing,
Il en a bien affaire :
Un beau drap blanc comme un lis,
Mon Dieu, qu'il sera joly !

Marquet, c'est très bien parlé
De ma part, je m'advance
De luy faire une aureillé,
J'en fais grand diligence.
De la plume de mon lit
Mon Dieu, qu'il sera joly !

J'ay un bel œillet flory
Couvert en ma cachette ·

Haste-toy, va le quérir,
Ma douce amye Jaquette...

Noël XXXV.

De lauriers tout verds
Portez luı des branches
Pour orner son bers.
Voicy, dıt Eustache,
D'une venaison
Qu'ay prins à la chasse
Pour ma garnison.

Noël XLI.

Je luy donne ma bicque
Et mon beau petit chien.
Je luy donne sans peur
De mes biens jouissance.
Petit enfant naulet,
Recevez mon hommage,
Voicy mon flageollet
Du laict et du formage ;
Cela sert en mesnage
Pour vous allımenter :
Voiez si mon courage
Vous peut bien contenter. (1)

---

(1) On peut rapprocher de ces vers la strophe suivante d'un Noël
que les Dames Ursulines des Trois-Rivières, au Canada, ont fait
chanter a leurs élèves pendant plus d'un demi-siècle (de 1754 à 1806) :

Quel présent faut-ıl porter
A ce roi des anges ?
Robin, pour l'emmaillotter,
Fournira des langes,

Noël XLII.

L'enfant regardoit
Ceste fantaisie,
Chacun luy faisoit
Quelque courtoisie ·
Chappeaux de férie
Et rouges boutons,
Par chère jolie,
Nous luy présentons.

Un Normand y vint
Avec ses grands galloches,
Un convive feist
De pesson et de loches,
Des harens en broches,
Des godelurons,
Et du bois des roches
Faisoit gros charbons.

Noël XLV.   De nos gâteaux aussy soit invité...

Noël L.

Joseph les remercye
Et aussy faict la mère. .
Lors un nommé Godart
Faisait des petits pastés,

Gros Guillot un agnelet,
Moi, je porte avec du lait
Le plus beau, beau, beau,
Le plus fro, fro, fro,
Le plus beau, le plus fro,
Le plus beau fromage
De notre village.

Cornuyaux et galettes,
Ce pendant qu'on dansoit,
Lappins et perdreaux,
Allouettes rosties,
Canards et cormorans, faisans,
Gilles Prier porta, la, la,
A Joseph et Marie...
Puis il en vint trois autres
Lesquels n'estoient pas las,
Qui dedans une chausse
Luy feirent hipocras ;
Jesus si estoit là
Qui les regardoit faire ;
L'un d'eux si le passa, coula,
Et sautant en tâta, la, la ;
Joseph en voulut boire.
Se sont prins à danser
De si bonne façon,
Et puis en ont faict boire
Au gentil enfançon
Lequel le trouva bon
Comme nous feist acroire...

Noël LVIII.   Nous prosternons devant elle et son fils,
Notre Sauveur, le roy des fleurs de lys,
Offrant de cœur nos petits équipages,
Poires, raisins, gastelets et fromages.

Noël LIX. -   Lors, dit Francin, vous luy présenterez
Deux merlerots que j'ay prins en mes lacs.
Qui me croira ? plustot luy donnerez,
Se dist Obeth, en le réjouissant,

De beaux aigneaux le coupple embellissant,
Tous nos troppeaux...

Noël LX.   Chacun d'eux Dieu caresse naissant,
L'un faict de sa musette présent,
    L'autre faict
    Du bon lait
Un don pour substanter ce délicat enfant.

A leurs rengs les bergères des fleurs
Et bouquets de suaves odeurs
    Bien liés
    Et baissés
Offrent, aussy tous font leurs rustiques honneurs.

Mais nos Noëls n'ont pas tous le caractère pastoral. Beaucoup sont des cantiques, des hymnes pieux, souvent d'une grande hauteur de pensée et de beau style. Il va presque de soi, d'ailleurs, que le mauvais goût ne saurait faire défaut à des cantiques de la fin du XVIe siècle, pas plus qu'il n'était absent alors de l'éloquence sacrée. Les souvenirs mythologiques abondent plus que de raison, et forment souvent avec les souvenirs religieux un mélange bizarre. Citons-en quelques exemples.

Dans le troisième Noël, l'enfant Jésus est

    ... Ce vrai Alcyon
Enfanté d'une estoille...

Dans le huitième, l'auteur décrit tous les prodiges qui montrent « que Jésus est naqui », et il ne manque pas de commencer par une énumération de souvenirs mythologiques dans lesquels il découvre, d'une manière assez inattendue, l'annonce de la venue du Messie :

> J'ay veu Tızıfone et Mégère
> Alecto, Caron, Cerberus,
> J'ay veu Tantalus à l'eau claire,
> J'ay veu la roche Sizyphus,
> J'ay veu là gısier Titius,
> Ixion suıvant sa rouelle,...
> J'ay veu Pluton et Proserpine
> Qui enragoient au feu d'enfer,
> J'ay veu la corne serpentine
> Qui n'avoit cession de sıffler, etc.

De même, dans le cinquante-septième Noël :

> Où est le grand chien Cerberus,
> De Pluto chef et coronal....

Beaucoup d'autres points étaient à relever, mais ces remarques spéciales figureront plus utilement dans les notes relatives à chaque Noël, reportées à la fin du volume. Il ne nous reste à indiquer que le système que nous avons suivi pour cette édition. Si le texte a été, nous n'avons pas besoin de le dire, soigneusement conservé, sauf quand nous nous trouvions en présence de fautes évidentes de copie, auquel cas nous avons fait mention de ces corrections dans les notes, nous avons rétabli la ponctuation qui, dans nos manuscrits, manque presque entièrement; nous avons indiqué l'accentuation, également

absente de notre texte ; nous avons distingué l'*i* du *j*, et
l'*u* du *v* ; enfin, nous avons rétabli dans leur entier les
mots souvent indiqués par des abréviations. On remar-
quera que bien des mots se présentent, dans les divers
Noëls, sous plusieurs formes différentes : ces formes
diverses peuvent peut-être s'expliquer par la différence de
date et d'origine des pièces ; nous les avons conservées,
après nous être assuré que toutes étaient en usage à
l'époque de nos manuscrits. C'est ainsi qu'on lira les mots
cet et, plus souvent, *cest, issut* et *yssant, alez* et *allez, un,
foin, soin, besoin,* et *ung, foing, soing, besoing, psaulme* et
psalme, fleurit et *florit, marquer* et *merquer, joye* et *joieux,
joieusement, réjouir* et *resjouir, loinglaines* et *lointain,
triomphant* et *triumphant, fantasie* et *fantaisie, crèche* et
creiche, formage et *fromage, épousant* et *espousant, Egip-
tienne* et *Egypte, voler* et *vollant, rossignol* et *roussignol,
roussignolet, vie* et *vye, Messie* et *Messye, cour* et *court,
bailler* et *il baaille* (dans deux acceptions différentes),
agneaux et *aignaux, trouva* et *treuvé, lis* et *lys, apper-
cevoir* et *aperçu, troupeau, trouppeau* et *troppeaux, clair*
et *éclère, donne* et *doint, canard* et *canart,* etc.

NOELS NORMANDS

I.

NOEL NOUVEAU.

Sur le chant · *Ha mon Berger tant u e t beau*

Acourez tost en diligence,
D'un pas isnel & léger,
Sy désirez salüer
Ce grand Mars plain de clémence ;
Sus, venez tost de touttes pars
Vous ranger soubs ses estendars.

C'est cet Enfant nay de Marie,
Que Jérémie avoit prédit,
De qui naistroit le doux fruict
Qui maintiendroit nostre vie :
Alez y donc alégrement
Pour l'adorer dévotement.

Trois rois, entendant ces nouvelles,
Transportés d'affection,
Firent leur provision
De leurs richesses plus belles,
Pour les offrir à ce soleil,
En sa lumière nonpareil.

En mesme temps ils s'acheminent,
Sans sçavoir en rien le lieu
Où estoit nay ce grand Dieu,
Devant lequel tous s'enclinent,
Sans l'estoille qui les conduit
Au lieu où gisoit ce sainct fruict.

Comme ils arrivoient en la ville
De Jérusalem la cité,
Il y eut obscurité
De ceste estoille subtile,
Qui disparut en un moment
Par le vouloir du Tout-Puissant.

Ayant de soucy l'âme atteinte
Pour le subit changement,
Alaient partout demandant
Ce grand Dieu, faisant leur plainte
De cest accident advenu
De l'astre si tost disparu.

Hérodes, rempli d'arrogance,
Manda ces Mages chez luy,
Feignant un cœur resjouy
De ceste nouvelle enfance,
Leur commandant qu'au revenir
Ne manquassent de l'advertir.

Ils partent donc en diligence,
Impatiens de le voir,
Affin de tout leur pouvoir
Offrir leur obéissance
A ce grand Roy tant renommé,
De tous les peuples estimé.

Ainsy ces trois rois arrivèrent
Où reposoit ce soleil,
Et eux, d'un cœur nonpareil,
Unis ainsi l'adorèrent,
En lui offrant un beau présent
De fin or, de mirre & d'encent.

Ces Mages, remplis d'allégresse,
S'en retournent promptement,
Rendans grâce à cest enfant
D'où provient toutte liesse,
Et le priant d'un cœur entier
Qu'ils puissent son sainct nom loüer.

Venez à grands pas, je vous prie,
Adorer ce Roy nouveau,
Qui des roys est le plus beau,
Nay de la vierge Marie;
Ne manquez pas de venir tous
Vous prosterner à ses genoux.

II.

NOEL NOUVEAU.

Sur le chant : *Cache, cache Dieu, tu l'as, &a.*

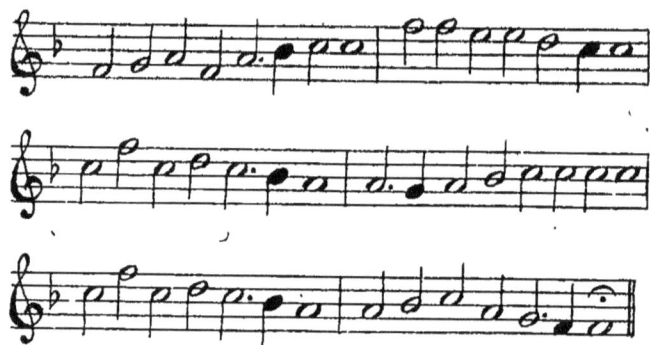

Bergers, j'ai oüy la nouvelle
De la naissance d'un Dieu,
Lequel nous peult en tout lieu
Tous guider comme une estoille.
Pasteurs, courons tous au bort
Pour nous ancrer à ce port.

Quittons donc nos maisonnettes,
Nos agneaux & nos moutons,
Et toutte la nuict courons,
En ces lieux plains de liesse,
Affin d'arriver au bort,
Et nous ancrer à ce port.

Durant ceste nuict ombreuse,
Malgré la rigueur du temps,
Ils s'en vont parmi les champs,
Chantant d'une voix joyeuse :
Pasteurs, courons tous au bort
Pour nous ancrer à ce port.

Estant près de Béthanie,
Ils sont à demi contents
De voir mille fleurs des champs
Dedans la verte prairie,
Et chantaient tous par accort :
Ancrons-nous à ce vray port.

Là est un lieu délectable
Rempli de saules & d'oziers,
De pins, mirthes et lauriers
Dont l'aspect est agréable,
Lt chantaient tous par accort :
Ancrons-nous à ce vray port.

Ils vont à la maisonnette
Où gisait ce clair soleil
En sa splendeur nonpareil
Auquel ensemble font feste,
Luy rendans grâce d'abort
D'estre arrivés à son port.

Robinet, bouillant d'envie
De luy donner son agneau,
Tiennot son gras estourneau
Avec son cœur sacrifie
A ce tout-puissant & fort,
De tous chrestiens le vray port.

O grand Dieu, dont la lumière
Brille icy & dans les cieux,
O mon Sauveur bienheureux,
Donne nous la foy entière,
Affin qu'après nostre mort
Nous ancrions à ton port.

III.

NOEL NOUVEAU.

Sur le chant de *Psalmate*.

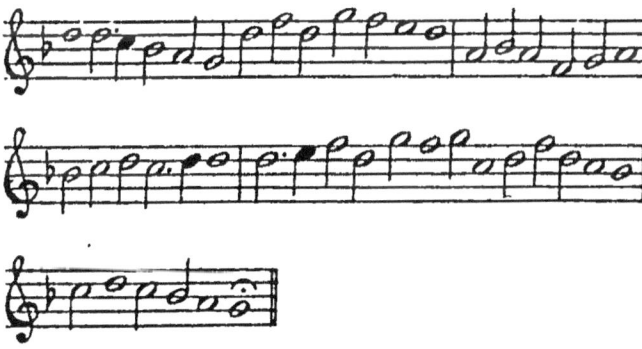

Espris qui, dans ces lieux
Sousterains & plains d'ombre,
Faictes à haute voix
Retentir vos abois,
Hostagers ténébreux,
Voicy de vos encombres
La fin à ceste fois.

Dieu, par l'élection
Qu'il fist d'une pucelle,
Voulut que son fils cher
Deust par elle régner :
C'est ce vray Alcyon,
Enfanté d'une estoille
Qui nous doibt rachepter.

Cet enfant nouveau-né,
En ce triste repaire,
Nous monstre qu'il nous veult
Quelque jour rendre heureux,
Retirant le damné
Du lieu plain de misére
Où vont tous malheureux.

Puissances des haults cieux,
Descendez à grand erre
Et quittez vos palais
Pour voir le Roy des roys
Pauvrement en ces lieux
Gisant dessur la terre
Pour apaiser nos voix.

Chantres du ciel voulté,
Tous parfaits en musique,
Anges et Chérubins,

Throsnes et Séraphins,
Venez voir la bonté
Céleste & magnifique
Du prince des dauphins.

Publions du dauphin
La gloire & la puissance,
A ce beau jour heureux
Offrons luy tous nos vœux
Et, d'un cœur enfantin,
Prions en abondance
Son cœur tant amoureux.

IV.

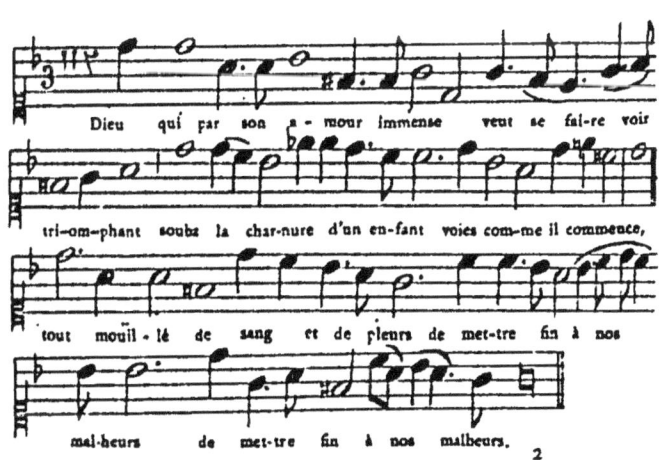

Dieu qui par son a-mour immense veut se fai-re voir tri-om-phant soubz la char-nure d'un en-fant voies com-me il commence, tout moüil-lé de sang et de pleurs de met-tre fin à nos mal-heurs de met-tre fin à nos malheurs.

2

Ce grand autheur de la nature
Sur un peu de foin à l'estroict
Tremblotte tout transy de froid,
Et, par ce qu'il endure,
Tout mouillé de sang & de pleurs,
Vient mettre fin à nos malheurs, Vient *(bis)*.

Sa circoncision présage
Que l'excés de ce grand amour,
Crucifié pour nous un jour,
Fera bien davantage,
Puisque par son sang et ses pleurs
Il finit desjà nos malheurs, Il &ᵃ.

Adorons son souverain estre,
Adorons son humanité
En l'une & l'autre dignité,
Adorons nostre maistre
Qui, mouillé de sang & de pleurs,
Vient mettre fin à nos malheurs, Vient &ᵃ.

V.

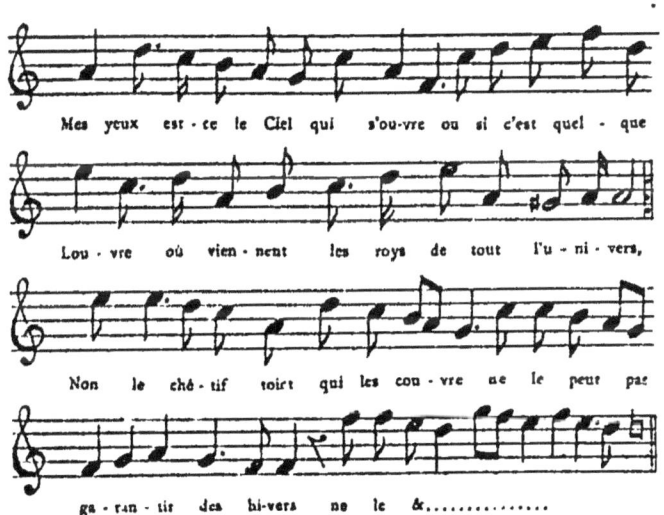

Mes yeux est-ce le Ciel qui s'ou-vre ou si c'est quel - que

Lou - vre où vien - nent les roys de tout l'u - ni - vers,

Non le ché - tif toict qui les cou - vre ne le peut pas

ga - ran - tir des hi-vers ne le &...............

Que cet appartement allèche!
Mais du foin à la brèche
Faict voir qu'en ce lieu l'on met des troupeaux *(bis)* :
Non, non, car dedans une crèche
Ne s'est jamais veu de pasteurs si beaux.

Leur teste porte la couronne
Et leur sceptre nous donne
Un signe asseuré que ce sont des rois *(bis)*,
La main d'un enfant qui frissonne
Reçoit leurs dons & les bénit tous trois.

Le premier s'agenouille, un More,
Et chacun d'eux adore
Cet astre qui fait luire le soleil *(bis)*.
Sa mère a le teint d'une aurore
Et tous les deux n'ont second ni pareil.

Mais quelle riche & belle offrande :
En est-il de plus grande ?
Leurs présens sont d'or, de mirrhe & d'encens *(bis)*,
Et, ce qui plus les recommande,
Ils sont offerts par des cœurs innocens.

Chrestiens, ce présent magnifique
Nous dit, d'un sens mistique,
Que ce petit Roy s'offrant à genoux *(bis)*
A son Père en don pacifique,
Doit estre veu diversement de nous.

Cet or signifie sa grâce,
La mirrhe qu'il entasse,

Un estre passible à l'estre immortel *(bis)*.
    L'encens advertit qu'on luy fasse
Autant de vœux qu'à son Pére éternel.

    Soleil qui, de nostre poussiére,
        Envoies ta lumiére,
Féconde nos cœurs d'un Roy gracieux *(bis)*,
    Affin qu'un jour nostre paupiére
A découvert le voie dans les cieux.

VI.

NOEL FORT ANTIEN.

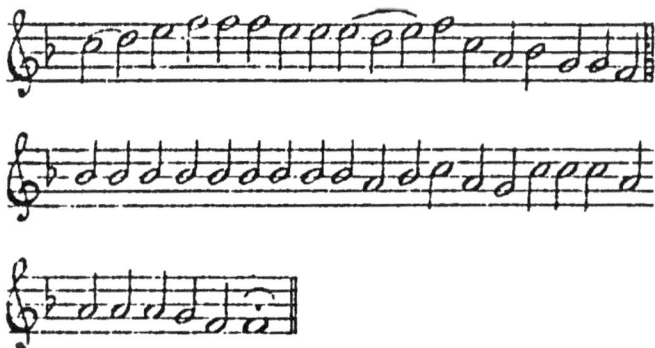

La nativité du Roy des roys,
  Qui nunc est in cœlis,
Devons chanter trestous à haulte voix,
  Ut pacem det nobis :
Pour nous deffendre d'enfer & garder,
  S'est voulu mettre à la mort endurer.

Marie l'a dignement enfanté,
  Non tactu virili,
Sans perdre la fleur de virginité,
  Cepit verbum Dei;
Moult doucement l'ange lui annonça
En luy disant : *Ave, gratia plena.*

L'ange des cieux aux pasteurs annonça
  Et leur deist doucement :
Pasteurs, allez en Bethléem de là,
  Trouverez un enfant
Qui est couché *in bourc litero ;*
Il est au lieu *gloriosa Virgo.*

Quand les pasteurs ont ouy Gabriel,
  En Bethléem s'en vont;
Là ont trouvé Marie & Noël
  Et Joseph le prudhom.
Laudaverunt filium Mariæ
Qui regnum det nobis in fine.

Les trois roys vindrent chantant haultement,
    Voce dulcissima,
Et puis après offrirent leurs présens
    Aurum, tbus et mirbam
Par leur chemin n'osèrent retourner,
Pour Hérodes qui les voulait tuer

Hérodes feist tuer les innocents
    Suis tortoribus
Lesquels estoient nasquis depuis deux ans,
    En despit de Jésus.
En paradis les a Dieu couronnés
Et Hérodes en enfer trébuché.

Que Noël qui [est] sur tous les seigneurs
    Donne nous Paradis.
Salut, *Virgo, quæ portasti* la fleur,
    Priez pour nos amys.
Noël, Noël, da nobis requiem
In secula seculorum. Amen.

Finis.

Faict par les mains
de
Pierre Henri
Brouderie.

VII.

Bergiers, qui prenez vos plaisirs
Sur les larris & herbe verte,
En gardant moutons & brebis,
En saultant, dansant sur l'herbette,
En disant une chansonnette,
Allez-vous-en, grands & petits,
En Bethléem ; je vous atteste,
Vous trouverez ci Dieu le fils.

Eveillez-vous, grands & petits,
Gentils pasteurs de la prairie,
Et laissez paistre vos brebis
Icy, sur l'herbette jollie ;
Allons trestous en Béthanie :
J'ai ouy un ange qu'il a dit
Que nasqui est le fruit de vie
Aujourd'hui, à l'heure de minuit.

Et moy aussi, je l'ai ouy,
Comme j'avais peur de la pluye,
Soubs un aiglantier en l'abry
Où il chantoit à voix série :

Gloire, louange au fruit de vie
Lequel cejourd'hui est nasqui.
Gentils pasteurs de la prairie,
Allez le voir sans plus d'ennuy.

Thierry, Margot & Hémery,
Or escoutez, je vous en prie,
Advisons quels dons, sans soucy,
Nous porterons au fruit de vie :
Je luy donneray ma toupie,
Et moy mon gros toupin aussy,
Mon beau petit arc & ma vire,
Et mon flageollet que voicy.

O bon Naulet, mon doux amy,
Toy, je te donne ma toupie,
Et moy mon gros toupin aussy,
Mon beau petit arc & ma vire,
Et moy aussy, par chère lie,
Mon beau flageollet que voicy,
Davantage, sans menterie,
Mon âme & tout mon corps aussy.

Nous te prions, ô petit fils,
Que, par ta puissance divine,
Nous qui sommes pauvres chétifs,
Tous puissions voir ta face digne ;

Parquoy, de nous chacun s'enclıne,
Devant toy demandant merci
De nos meffaicts, bonté divine,
Pour nous & pour nos bons amys.

VIII.

NOEL.

Sur le chant : *Il faict beau voir lassus en gloire.*

Chantons Noël, j'ay veu l'estoille
Luisante aux parties d'orient ;
J'ay veu les Roys en la sentelle,
Portant chacun un beau présent.
Je croy que c'est l'advènement
Du fils de Dieu, qui de pucelle
Est nasqui temporellement,
    Chose nouvelle. *(Bis.)*

J'ay veu la nuit aussy luisante
Comme s'il eust esté midy ;
J'ai veu la court du ciel chantante,
Disant que Jésus est nasqui ;
J'ay veu l'asne & le bœuf aussy
Qui s'enclinoient en la créchette
Pour adorer l'enfant nouveau,
    Chose nouvelle. *(Bis.)*

J'ay veu le fruit pendre à la vigne ;
J'ai veu le temple dessembler,
Un ruisseau d'huile divine
Assez profond pour y puiser ;
J'ay ouy les pastoureaux chanter,
Disant : Allons, Dieu se révelle,
Nous verrons la mére & l'enfant,
    Chose nouvelle. *(Bis.)*

J'ay veu Tizifone, Mégére,
Alecto, Caron, Cerberus ;
J'ay veu Tantalus à l'eau claire ;
J'ay veu la Roche Siziphus ;
J'ay veu là gisier Titius,
Ixion suivant sa rouelle :
Chacun craignait le fils de Dieu,
    Chose nouvelle. *(Bis.)*

J'ay veu Pluton & Proserpine
Qui enrageoient au feu d'enfer ;
J'ai veu la corne serpentine
Qui n'avoit cession de siffler ;
J'ay veu Satan & Lucifer
Tournant les yeux en la cervelle ;
J'ay veu tous les diables trembler,
    Chose nouvelle. *(Bis.)*

J'ay veu Adam, le premier pére ;
J'ay veu David & Manassés ;
J'ay veu Ève, premiére mére,
Obeth & Ruth, aussy Pharés ;
J'ay veu aux limbes plusieurs roys,
Disant entre eux : une pucelle
Nous mettra hors de ces enfers,
    Chose nouvelle. *(Bis.)*

Quand je contemple tous ces signes,
Je dy que Jésus est nasqui ;
Et puis j'ay ouy sonner matines ;
J'ay veu le temple tout remply.
De moy, je suis tout esbahy,
Mais il est vray : d'une pucelle
Est nasqui le Roy tout-puissant,
  Chose nouvelle. *(Bis.)*

Parlez à moy, dame Nature,
Voyez nostre rédemption ;
Contemplez un peu l'Escripture,
Vous verrez admiration.
Vous n'avez point telle action
En tous vos faicts fors qu'en icelle :
Quand Dieu nasquit, il vous acquist,
  Chose nouvelle. *(Bis.)*

En un subject est vierge & mère,
En un subject est homme Dieu.
Nature, tu le peux bien faire :
Nature donne à grâce lieu.
Grâce et nature jouent un jeu ;
Grâce a vaincu quand la pucelle
Demeure vierge & enfante,
  Chose nouvelle. *(Bis.)*

Vierge Marie & dame & mére,
Vray Dieu & homme Jésus-Christ,
Gardez mon corps de vitupére
Et m'assistez du Saint-Esprit.
Icy vers vous est mon appuy
De tout mon cœur : Vierge pucelle,
Jésus homme & Dieu, sauvez-moy,
    Je vous appelle. *(Bis.)*

IX.

NOEL NOUVEAU.

EN FORME DE TRUDAINE.

Debout, Robinet,
    Prens ta cornemuse,
Guillot son pipet
    Auquel il s'amuse,
    Bertault sa vielle,
Et Michault son chalumeau.
    L'ange nous appelle,
Partons tost, le temps est beau ;

Allons voir la belle
Et Jésus, son fils Messiau :
   Encor est pucelle,
C'est un mistere nouveau.

   Allons aux esbats,
   A six & Margot,
   Et n'oublions pas
   Cendrin & Ragot,
   Pour mener la notte
Prenons Thibault, Persillet,
   Naudine & Thiénotte,
Geffrelin & Verdillet ;
   Chacun si décotte :
Partons en un mousselet,
Pour aller voir la belle
Et Jésus, son fils naulet.

Or, allons tous ensemble,
Tous d'un commun éédit,
Car l'ange, ce me semble,
Nous l'avoit ainsy dit.
   Cheminez devant,
Vous qui portez le cornet ;
   Marchez en dansant,
Geffrelin & Verdillet :

Trouverez l'enfant
Si doux & si bénignet
Et si triomphant
Dans un petit cabinet.
Mais escoutez,
Que dit Huguot,
Mon hocqueton,
Mon palletot,
Mon palletot,
Gentil Margot,
En un mot
Mon flageol,
Mon briquet,
Mon marquet,
C'est pour mon petit mignon,
Mon petit mouton biquet.

Ils sont partys
Sur ces propos,
Soubs la courtine de repos
Ils chantent,
Ils dansent,
Ils baaillent.
Ils haallent ;
Hors d'alaine se sont mis :
Point de trompette ny clairon,
Mais la musette & le bourdon ;

Trudaine les mains, et puis, sans peine,
Les traine tout à l'entour des jardins.

  Toutte la nuittée,
  Les doux pastoureaux
  Vindrent en Judée,
  Gardant leurs aigneaux.
  Jehan dit à Huguet :
  Prends ton flageollet,
  Guillot son pipet,
  Et Henry bourriquet ;
Je prendray Pollet Henry Henry l'asne,
  Par son beau collet,
  Et Henry bourriquet.

 Il advint un cas, à l'heure,
 Bien piteux & bien nouveau :
 En portant un pot à beurre,
 Passant par dessus une eau,
 Las ! le pot de beurre cheut,
 Drille, drille, ma commère,
 Las ! le pot de beurre cheut,
 Drille, drille, auprès du but.
  Las ! si j'ay failly,
 Pardonnes le my, compère :
  Le pot est sailly,
 Compère, pardonnes le my !

Pour ce n'ont laissé
Venir au dit lieu ;
Chacun est entré
Là où estait Dieu :
Quand Alizon les veid,
Elle leur a dit,
L'oseray-je dire,
Que c'est le Roy des rois,
Mais le dire à lire,
Que c'est Dieu, nostre sire,
Comme pouvons voir
A sa voix bénigne.

Chacun fait présent
A l'enfant courtois
De tous leurs moiens
Comme pouvez voir :
Bourette une saussisse,
Perruchet une hastille,
Pappin une anguille,
Danobis une escrevisse,
Jehan Drouin un estourneau,
Ensemble Ninard son linot.
Et Noël Noël naulet
Et Noël Noël naulet nau !

Ils se sont rangés
A leur fantasie,
Et ont prins congé
De la compagnie.
O Vierge propice,
Beni soit le caste
Qui a faict l'office
Du fruit qu'avez porté !
Puis, en somme toutte,
   A Joseph ont dit :
« A Dieu, mon bon homme,
Nous recommandons à vous. » •

X.

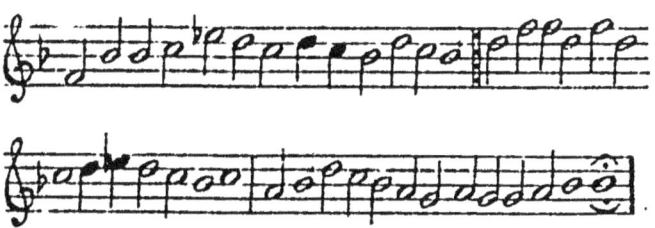

Escoutez la trompette
Et le joyeux clairon,
Qui tous nous admoneste
Que ce jourd'huy chantons.
Par grande mélodie,
Noël chanter nous faut
En l'honneur de Marie,
Un nouvel chant & hault.

L'ange du Roy céleste
Vers la Vierge apporta
La nouvelle honneste,
Aussy la salua :
« Dieu vous garde, Marie !
Saches tu concevras
Le sacré fruit de vie
Et sa mère seras. »

« Celuy mot me moleste,
Gabriel mon amy,
Car vierge pure & nette
Seray, je vous affy. » —
« Ne vous chaille, Marie,
Le Saint-Esprit viendra
Dont vous serez remplie,
Et en vous descendra. »

« Amy, je suis servante
Du puissant Roy des cieux ;
Seray obéissante
A tes dits gracieux.
Mon vouloir ne varye,
Face son bon plaisir :
La sacrée Marie
Est preste d'obéir. »

Neuf moys son fruit porta
Cette Vierge d'honneur ;
Après elle enfanta
Sans en avoir douleur.
D'un peu de jalousie
Le bon Joseph fut poingt,
Mais l'ange luy va dire :
« Ne t'en soucye point. »

Du pais de Judée
Vindrent les pastoureaux
Vers la Vierge sacrée,
Avecques leurs atours,
En grande mélodie,
En chantant tous noël,
Disant : « Dieu nous conduie
Pour voir l'enfant nouvel. »

Les grands roys d'orient
Par la grande splendeur
Et l'estoille luisant
Lui vindrent faire honneur
Chacun d'eux s'humilye
Devant l'enfant nouvel
Aussy devant Marie,
Chantant tous trois noël.

Or, prions doncques celle
Qui ce fruit enfanta,
Et la sacrée pucelle
Qui neuf mois le porta,
Qu'elle nous veille conduire
Lassus en paradis,
Nous donnant bonne vye
Et à tous nos amys.

XI.

NOEL NOUVEAU.

Sur le chant : *Où es-tu caché, Colin?*

Faut-il qu'on mette en oubly,
Faut-il point faire mémoire
Du genre humain annobly,
De l'auréole victoire
Et victoriale gloire ?

Réveillez-vous, réveillez,
Doctes filles de mémoire,
Pernoctez & travaillez
A célébrer telle gloire :
La raison est péremptoire.

Aujourd'huy, les ennemys
De l'humaine créature
Sont tous plus bas qu'asnes mis,
Quand de Dieu la géniture
Espouse humaine nature.

N'espargnez langue ne voix,
O région uranique,
Et vous mer, terre & boys,
Dictes chacun un cantique,
Pour le saint daulphin célique.

C'est le sauveur Jésus-Christ,
Nay de Vierge prémissaire
Et conceu du Sainct-Esprit,
Naissant en terre sans père,
Et régnant au ciel sans mère.

O mistère à tous caché
Que, déité invisible,
Pour nous purger de péché,

De lumiére inaccessible
Prendre vient forme visible.

Joseph fut bien assuré
Du céleste paranimphe
Que le fruit non censuré
Produirait la mére nimphe
Pour sauver toutte province.

Scurement nasquit le fruit,
Le Jésus & le Messie,
Suivant l'oracle & escrit
De Michée et Isaye
Dont nature est esbahie.

En Bethléem, à minuit,
Par une gelée fresche,
Nasquit Dieu qui à nul nuit,
Flairant l'odeur d'une crèche
Aussi doux que miel en brèche.

Dys, enfant, as-tu mespris
Pourquoy ton œil alembique
Tant de larmes, jettant cris
Comme enfant d'Adam inique
Conceu par moien publique ?

Es-tu pas toujours assis
Au sein du Père, à sa dextre ?
Pourquoy doncques circoncis
Durement te voit-on être,
Peu après que voulus naistre ?

Vraiment je puis assez voir
Qu'en ce me donnes matière
D'humblement pour Dieu t'avoir
Et dompter ma chair trop fière
En gardant ta foy entière.

Juifs en malice obstinés,
N'attendez autre Messye.
Vostre erreur tost délaissez :
Il est nay, je vous affye,
Pour nous rendre à tous la vye.

Tous menteurs & imposteurs
Que vile erreur tient en serre,
Voyez les rois & pasteurs
Venir l'adorer grand erre,
De toutes fins de la terre.

Recognoissez qu'il est Dieu,
Bien cogneu de la Judée
Comme de tout autre lieu ;

En huy par saincts à tournée
Luy célébrons la panthée.

A genoux, à jointes mains,
Prions Dieu de cœur fidelle
Pour Genevoys inhumains :
Que sorte de leur cervelle
Toutte opinion rebelle.

Ignorez-vous qu'il falut
Que de Dieu la vraie essence,
Pour faire aux humains salut,
Se donnàt par sa clémence
En substance & en présence ?

Jésus qui, au sainct autel,
Nous repais du pain des anges,
Mets en ton siècle immortel
Mon âme avec tes archanges,
Remplys le ciel de louanges.

XII.

NOEL NOUVEAU

COMPOSÉ PAR LE SIEUR VERDIER.

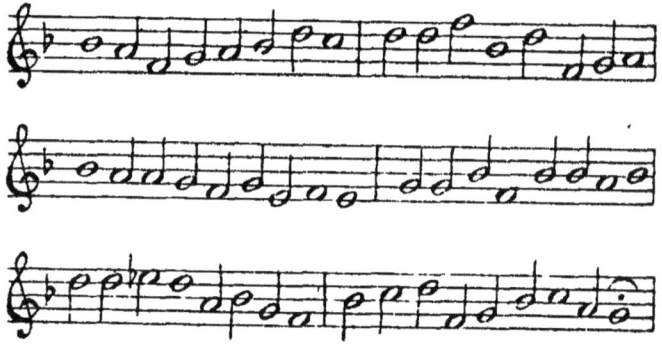

Goliath, robuste géant,
A son corps par trop se fiant,
Mesprisoit un jour à combattre
Contre David, petit berger,
Qui s'en venait pour le charger
Et son corps sur la terre abattre.

Inégal le combat estoit
D'un seul berger qui ne portoit
Que trois cailloux & sa houlette,
Contre un géant qui eust forcé
Des armes le mieux endossé
Qui eust voulu lui faire teste.

Dieu de ce géant furieux
Rendit David victorieux :
Par les cailloux que David rue
Droit au géant dessus le front,
Dont pieds renversés contre mont,
Valeureusement il le tue.

Son sang tout bouillant & fumeux
Au lieu s'escoula le plus creux
De l'enfer & de sa misère,
Et Satan jamais n'entendit
Par ce combat estre prédit
Que Jésus viendroit le deffaire.

Car du vainqueur il doit sortir
Un enfant, pour anéantir
Sa cruauté & sa puissance.
Les Pères qui avoient esté
Longtemps avant l'avoient chanté,
De quoy ce faict donne assurance.

De trois cailloux ce grand géant
Occis par un adolescent,
Les plaies donnent à cognoistre
Qu'estant homme, le fils de Dieu
Devait souffrir en ce bas lieu,
Pour de luy victorieux estre.

Mais le cauteleux et très fin,
Doubtant de son futur destin,
Vers le roy Hérodes s'avance,
Afin qu'avant qu'il deust souffrir,
Jésus le sauveur feist mourir
Aux premiers jours de sa naissance.

Sept vingts quatre mil innocents,
Aagés pour le plus de deux ans,
Furent tous passés par l'espée,
Pour la fraude que cest esprit
Pervers encontre Jésus-Christ
Avait meschamment intentée.

Au désert vient pour le tenter,
Et le faire précipiter,
Et tousjours augmentait sa gloire
Du combat futur, & plus fort,
Dessus la croix souffrant la mort,
A luy remportait la victoire.

XIII.

NOEL NOUVEAU

COMPOSÉ PAR Mᵉ JACQUES GODEBILLE

Vivant curé de la Magdeleine de Verneuil.

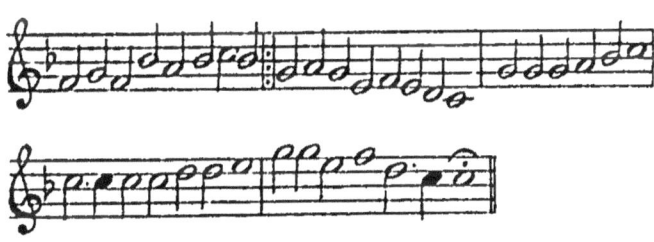

Humains, prestez les aureilles,
Voicy vostre liberté,
Et entendez les merveilles
De la céleste bonté :
Bénissons Dieu éternel
Qui nous délivre à Noël.

Vous cognoissez que vos pères
Vivant estoient langoureux,
Puis gémissaient leurs misères
Dans le limbe ténébreux :
Bénissons Dieu éternel, &ᵃ.

On ne peut pas qu'on n'entende
Les soupirs entrecouppés
De voix des justes descendre ;
O cieux, plus ne vous trompez :
Bénissons Dieu éternel, &ᵃ.

L'autre fois, ce mortel estre
Résonne : « O Dieu, père doux,
L'aigneau, de ce globe maistre,
Faictes plouvoir dessus nous :
Bénissons Dieu éternel, &ᵃ.

Ne tarde plus, divin père,
Relasche le faict mortel ;
Viens, appaisant ta colère,
Que nous te chantons Noël ! »
Bénissons Dieu éternel, &ᵃ.

Lors Dieu, qui faict que desserre
Le Roy des astrés flambeaux,
L'envoiant dessus la terre,
Les tire de ces travaux :
Bénissons Dieu éternel, &ᵃ.

Son œil de pitié regarde
La clameur des affligés,
Des maux les délivre & garde

Où tous ils étoient plongés :
Bénissons Dieu éternel, &ᵃ.

Voiez, chose trop estrange,
Un faict tout prodigieux :
Au voile humain il se range,
Pour faire les hommes dieux :
Bénissons Dieu éternel, &ᵃ.

Luy tout-puissant, qui estalle,
Dedans ce large univers,
Ses grandeurs, & faict sa salle
Du ciel, la terre & les mers :
Bénissons Dieu éternel, &ᵃ.

Les haults cieux disent sa gloire,
Ses œuvres le firmament,
Plaine est des saincts la mémoire :
Qu'il règne éternellement !
Bénissons Dieu éternel, &ᵃ.

C'est luy qu'en grand révérence
Ils adorent bien heureux,
Qui baisse son excellence
Pour nous enlever aux cieux :
Bénissons Dieu éternel, &ᵃ.

Avec l'homme il se marie,
Par admirable union,
Et de son huile est guérie
Toute humaine nation :
Bénissons Dieu éternel, &ᵃ.

Grand maistre il se fait esclave,
Pour faire un esclave roy,
Et de son sang il le lave,
Luy baillant sa saincte loy :
Bénissons Dieu éternel, &ᵃ.

Vraie est la paie sacrée
Qui dit : Dieu est charité...

Il met bas toute l'injure
Que luy a faict le pécheur,
Et luy rend son âme pure
Pour l'unir au créateur :
Bénissons Dieu éternel, &ᵃ.

Combien donc est agréable,
Mon Dieu, ta grande bonté,
Qui nous est tant favorable
Qu'elle a nostre mort dompté :
Bénissons Dieu éternel, &ᵃ.

Combien faudrait de louanges
Pour exalter ta grandeur
Et ta bonté, Roy des anges,
Qui nous comble de cest heur ?
Bénissons Dieu éternel, &ᵃ.

Bien grande est ta providence,
Qui gouverne ces bas lieux ;
Mais ta plus rare clémence
Vole par dessus les cieux :
Bénissons Dieu éternel, &ᵃ.

Benis, toutte créature
Raisonnable, ton autheur,
Qui de ta mére nature
S'est faict le réparateur :
Bénissons Dieu éternel, &ᵃ.

O ciel, ô mer & ô terre,
Et tout ce qu'avez enclos
Au creux flanc de vostre sphére,
Entonnez de Dieu le los :
Tout bénisse l'Eternel
Qui nous délivre à Noël.

XIV.

NOEL

EN LA RESJOUISSANCE DE LA NATIVITÉ DE NOTRE SEIGNEUR.

(1597)

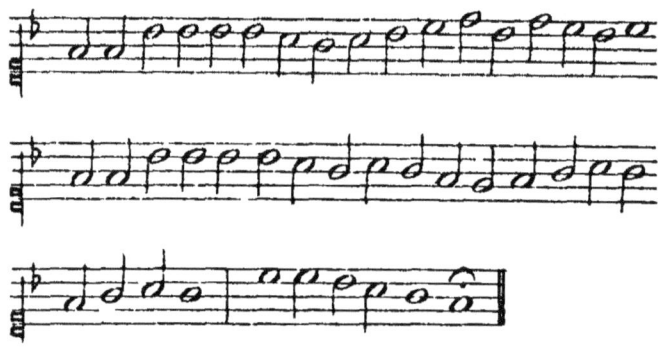

Il est nay, le fils Marie,
Naulet du naulet & naulet nau,
Il est nay en Béthanie,
Nay sire nay & nay du nay
Et naulet du
Naulet & naulet nau.

Il est nay en Béthanie,
Naulet du naulet & naulet nau,
  Pour nous reduire la vie,
  Nay sire nay & nay du nay
      Et naulet du
  Naulet & naulet nau.

Pour nous reduire la vie,
Naulet du naulet & naulet nau,
  Qu'Adam nous avoit tollie,
  Nay sire nay & nay du nay
      Et naulet du
  Naulet & naulet nau.

Qu'Adam nous avoit tollie,
Naulet du naulet & naulet nau,
  En mangeant du fruit de vie,
  Nay sire nay & nay du nay
      Et naulet du
  Naulet & naulet nau.

En mangeant du fruit de vie,
Naulet du naulet & naulet nau,
Par le conseil de sa mie,
Nay sire nay & nay du nay
      Et naulet du
  Naulet & naulet nau.

Par le conseil de sa mie,
Naulet du naulet & naulet nau,
Par le serpent plein d'envie,
Nay sire nay & nay du nay
Et naulet du
Naulet & naulet nau.

Par le serpent plein d'envie,
Naulet du naulet & naulet nau,
Nous prierons le fils Marie,
Nay sire nay & nay du nay
Et naulet du
Naulet & naulet nau.

Nous prierons le fils Marie,
Naulet du naulet & naulet nau,
Qu'en paradis nous conduie,
Nay sire nay & nay du nay
Et naulet du
Naulet et naulet nau.

Qu'en paradis nous conduie,
Naulet du naulet & naulet nau,
Les pastoureaux de Judée,
Nay sire nay & nay du nay
Et naulet du
Naulet & naulet nau.

Les pastoureaux de Judée,
Naulet du naulet & naulet nau,
L'ont aoré par compagnie,
Nay sire nay & nay du nay
Et naulet du
Naulet & naulet· nau.

L'ont aoré par compagnie,
Naulet du naulet & naulet nau,
Et ont dit en leur pensée,
Nay sir nay & nay du nay
Et naulet du
Naulet & naulet nau.

Et ont dit en leur pensée :
Naulet du naulet & naulet nau,
Il est nay le fils Marie,
Nay sire nay & nay du nay
Et naulet du
Naulet & naulet nau.

XV.

NOEL

SUR LA RESJOUISSANCE QU'EURENT NOS PREMIERS PARENTS
A LA NATIVITÉ NOSTRE SEIGNEUR.

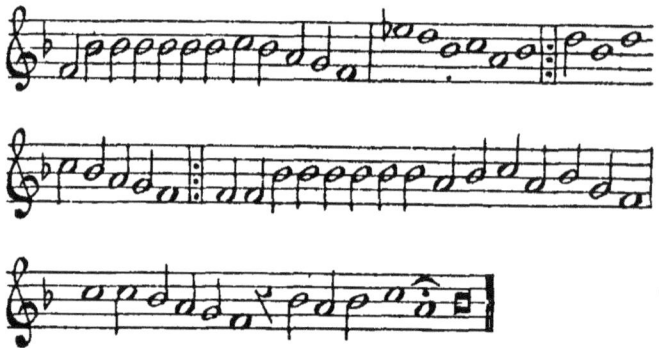

ADAM *commence.*

Là-bas, sans lumiére,
J'ay esté longtemps,
Moy qui ai nom Adam
En dueil et misére,
Moy & mes enfants,

Le temps de six mil ans :
Mais Jésus, mon souverain roy,
A eu compassion de moy,
Et à sa bienvenue il m'a ouverte la prison,
Disant : Resjouis-toi, je paierai ta rançon.
Or, chanton Noël, Noël chanton,
A la nativité du petit enfançon.

Encor ADAM.

Eve, douce amye,
Prens joye & soulas,
Ne crye plus hélas,
Car le fruit de vie
Est venu çà-bas,
Pour nous oster des lacs
D'infernalle captivité
Pour moy a prins humanité ;
A sa bienvenue il m'a ouverte la prison,
Disant : Réjouis-toy, je paierai ta rançon.
Or chanton Noël, Noël chanton,
A la nativité du petit enfançon.

Encor ADAM.

Le sage Isaye
Et aussi David
Si ont prophétisé,

Que le fruit de vie,
Nommé *Jésus-Christ,*
Nasquirait à minuit,
Pour délivrer moy, pauvre Adam,
De douleur & aussi de dam ;
A sa bienvenue il m'a ouverte la prison,
Disant : Réjouis-toy, je paierai ta rançon.
Or chanton Noël, Noël chanton,
A la nativité du petit enfançon.

EVE.

Faisons cherche, Adam,
Adam, amy cher,
De la nativité
Du fils de Marie,
Qui est pour nous oster
Hors de captivité.
Pourtant chanton Noël, chanton
A la venue de l'enfançon
Qui à sa bienvenue nous a ouverte la prison,
Disant : Réjouis-toy, je paieray ta rançon.
Or chanton Noël, Noël chanton,
A la nativité du petit enfançon.

Encor EVE.

J'ay ouy l'assemblée
Des célestiaux

Messagers, pour tout vray,
  Séans sur ramée,
  Chantans chants nouveaux
  A Jésus notre Roy,
  Et de Marie le renom,
  Qui a porté le doux *Jesum ;*
Et à sa bienvenue il m'a ouverte la prison,
Disant : Resjouy-toy, je paieray ta rançon.
  Or, chanton Noël, Noël chanton,
  A la nativité du petit enfançon.

ADAM & EVE *ensemble.*

  Rendons tous louanges
  Au petit enfant
Régnant au firmament,
  Le hault Roy des anges,
  Le Roy très puissant,
  Facteur omnipotent,
Qu'il nous veuille tous préserver
Et son paradis nous donner.
Et à sa bienvenue il m'a ouverte la prison,
Disant : Resjouy-toy, je paieray ta rançon.
  Or chanton Noël, Noël chanton,
  A la nativité du petit enfançon.

Amen Noël.
Finis.
Louis Eloy.

XVI.

NOEL

Et se chante à deux parties, assçavoir Nature et Adam. —
Nature commence.

NATURE.

Maintenir vueil qu'il faut tristesse
Translatée en joyeuseté,
Et qu'un chacun prenne liesse
Tout ainsi que joyeuseté,

Puisque la Vierge a enfanté,
Comme Isaye avait prédit,
Sans enfraindre virginité,
Le Verbe divin Jésus-Christ.

ADAM.

Adam je suis, le premier homme,
En ces bas limbes gémissant,
Pour ce que j'ay mangé la pomme
Outre le vouloir tout-puissant ;
Jusque à ce que soit florissant
La noble souche de Jessé,
Lors plus ne serai languissant :
C'est une chose que je sçay.

NATURE.

Trop rudement suis oppressée
Quand me souviens du temps jadis,
Que je suis de Dieu délaissée,
Et bannie de son paradis.
Traitre serpent, par tes faux dits,
M'as causé tous ces maux icy !
O Dieu qui absouds & maudis,
Veuilles avoir de moy mercy.

ADAM.

Or est la verge d'Aron florie,
Et de Jessé il est ainsy,
Et en huile l'eau convertie,
Car promis nous estait ainsy.
Dejetté hors d'enfer noircy
Sera genre humain languissant,
Car entendre on peust par cecy
Que nay est le Roy tout-puissant.

NATURE.

On voit maintenant sur la prée
Arbres & herbes vert jetter,
Et la ténébreuse nuittée
Lumière à grand clarté jetter,
Et le doux roussignol chanter
Un chant doux et armonieux,
Et un fruit de rose enfanter
Qui me cause estre joyeux.

ADAM.

Promis est par le bon Osée,
Baruch, Amos, aussy Joël,
Que doit naistre, comme rosée,

Un rédempteur en Israël :
La porte close, Ezéchiel
Nous en donne aprobation.
Je te supply, Emmanuel,
Donne-nous consolation.

NATURE.

Lorsque Noë feist la grand arche
Qui longtemps en terre dura,
Et qu'Abraham, grand patriarche,
Un des trois enfans adora,
Entre Dieu et nous demeura
Grand guerre & grand dissention,
Mais de bref l'accord se fera
Par divine incarnation.

ADAM.

Or sus, David, prenez la harpe,
Pensez de mieux cithariser,
Et qu'un chacun instrument happe,
Affin de mieux organiser.
Ceste nuit, Dieu viendra briser
Ces chrestiens noirs & vicieux,
Et un chacun de nous poser
Lassus au royaume des cieux.

NATURE.

Adam, peu as mélancolie,
De chanter ainsy maintenant :
Pleure, pleure ta grand folie
En ce lieu ou tu es tenant.
Par toy du haultain lieutenant
Je suis subjette à mal souffrir,
Si le fils Dieu altitonnant
Ne se vient à la mort offrir.

ADAM.

Ceste nuit, on a veu par terre
Tomber le grand temple éternel,
Et pastoureaux courir grand erre
Adorer l'enfant supernel,
Et, par le péché criminel,
Tous les sodomites mourir ;
Aussy Hérodes, roy cruel,
A faict les innocens mourir.

Prenez confort, ma belle fille,
Je vous supply très humblement,
Car nostre humanité fragile
A prins le Dieu du firmament.
Chantez mélodieusement

Noël, Noël, Noël, Noël,
Car pour nous mettre à sauvement
Est nay le doux Emmanuel.

Fy de soucy, courroux arrière,
Chagrin soit de mon cœur jettay,
Puisque la Vierge est faicte mère,
Comme promis avait esté.
Vouloir divin, par ta bonté
Est faict ce beau mistère icy,
Pour nous oster d'adversité,
Dont grandement te remercy.

Salut, honneur, magnificence
Soit à la haulte Trinité,
Trois personnes en une essence
Qui tout un est en vérité.
Veuillez prier en unité,
Quand viendra le grand examen,
Qu'il nous donne par charité
Son paradis : Jésus, Amen !

XVII.

CHANSON DE NOEL

EN FORME DE DIALOGUE

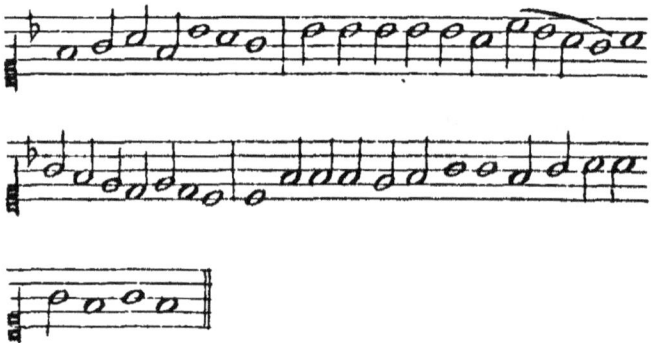

Où es tu caché Colin ?

COLIN.

Qui est-ce là qui m'apelle ?

ROBIN.

C'est ton compagnon Robin,
Qui t'apporte une nouvelle,
Oncques n'en fut une telle.

COLIN.

Vraiment tu m'as resjouy
Tant que plus ne sçaurais estre ;
Parquoy, pour mieux estre ouy,
Seions nous cy en cest aistre
Et me dis que ce peult estre.

ROBIN.

Je vy hier en Bethléem
Marie, l'humble pucelle
De la lignée d'Abraham,
Un beau fils qui est nay d'elle,
L'alaictant de sa mamelle.

COLIN.

Et viens ça, dy moy, Robin,
Cela pouroit-il bien estre ?

ROBIN.

Et pourquoy non, dis, badin,
N'est pas Dieu aussy grand maistre
Et puissant qu'il souloit estre ?

N'as-tu pas eu souvenir
De la haulte prophétye

Que tu as ouy maintenir
Que feist jadis Isaye,
Prédisant le fruit de vye ?

COLIN.

Il m'est advis qu'il n'y a,
En ce cas, si grand merveille.

ROBIN.

Colin, mon amy, sy a :
Je l'ay veu, le vray Messye,
Entre les bras de Marie.

COLIN.

Et viens ça, dy moy, Robin,
A-t-il belle hostellerye ?

ROBIN.

Vraiement, il est hébergé
En une loge pourye,
Où n'y a que vent & pluye.

COLIN.

Et viens ça, dy moy, Robin,
A-t-il grande compagnie ?

ROBIN.

N'y a que l'asne & le bœuf,
La noble dame Marie,
Et Joseph qui la festye.

COLIN.

Ne le dy pas si n'est vray,
Car je suis en fantaisie
De partir pour l'aller voir,
Et laisser ma bergerye
En deust-elle estre périe.

ROBIN.

Que donneras-tu, Colin,
A ceste Vierge nourice ?

COLIN.

Je lui donneray du boudin
Et aussy de la saussisse
Faicte au sel & à l'espice.

COLIN.

Et toy, Robin, il faudra
Que luy donnes quelque chose ?

ROBIN.

Elle aura ce qu'elle voudra,
Si je l'ay, la noble rose,
Par l'âme qu'en moy repose.

Or, t'en va donc, Collinet,
Je garderay la bergerie,
Et prie l'enfançonnet
Aussy sa mère Marie
Qu'elle prie pour la compagnie.

XVIII.

. . . .
Puisque l'avons visité,
Robinet sonnera l'aubade,
Car il en sçait l'habilité.
    Chantons Noël !
Chacun retourne à ses chevrettes,
Soions joieux de ces nouvelles,
Car il n'en fut jamais de telles
Pour le genre humain,
    Jetté de la main
    De Satan villain,

En luy faisant perdre sa proye.
  Or chantons donc Nau,
  Chacun pastoureau,
  Car nature humaine
  Est mise hors de peine
  Par l'enfant venu
  Que nous avons veu,
  C'est le Messiau :
  Et naulet naulet nau !
Jay, jay, jay ouy au ciel &ª.

Prions luy que paix il nous face,
Vers son père paternel,
Et que le voyons face à face
Au royaume célestiel.
    Chantons Noël !
Luy qui est seigneur de la terre,
Nous doint sa paix oustre sa guerre,
Si que puissions les cieux acquerre.
  Bien nous a cogneus,
  Que sommes venus
  De terre tous nuds,
Et en terre prendrons la voye ;
    Considérons bien,
    Chacun terrien,
  Que nature humaine
  Est subjette a paine,

Par péché patent
Du premier parent
Qui feist d'un morceau :
Et naulet naulet nau !
Jay, jay, jay ouy au ciel, &ᵃ.

XIX.

NOEL

COMPOSÉ PAR LE Sʳ GODEBILLE.

Quand le puissant céleste
Voulut briser la teste
A l'autheur de tout mal,
Du palais angélique
Il plongea cest inique
Dans le gouffre infernal.

Puis sa bonté divine
Créa la bonté digne
Du ciel, l'air & les eaux,
Terre, soleil & lune,
Le clair jour, la nuit brune,
Les bestes & oiseaux.

Regardant, d'un visage
Joyeux, son bel ouvrage
Par ordre disposé,
Il feist, par sa puissance,
Qu'à sa forme & semblance
Adam feust composé.

Et le voulut eslire
Souverain de l'empire
De ce terrestre lieu,
Vivant toujours paisible
Jusqu'au péché nuisible,
Ainsi qu'un petit Dieu.

Vestu d'une innocence,
Selon la providence
Du facteur se conduit
Un temps, mais la cautelle
De ce malin rebelle
Trop soudain le servit,

Qui par parolle feinte
Soubs couleur d'estre saincte
Vint sur l'heure abuser
Eve, puis l'homme mesme,
Et l'éédit du supresme
Leur fait outrepasser.

Ceste offence commise,
Perdirent leur maistrise
Et franche liberté ;
La mort entra au monde
Et le péché immonde,
Chacun fut molesté.

De fault l'humain lignage
Réduit en ce servage
Aux limbes descendoit :
Du Sauveur la venue
Par lui fut apperceue,
Languissant attendoit.

De telle forfaicture
L'ennemi de nature
S'esjouit grandement,
Estimant, par malice,
Mener l'homme au suplice
D'éternel damnement.

Mais quand, par sa prouesse,
Il pensait, par finesse,
Le monde avoir dompté,
Alors ce hideux monstre,
Cause du malencontre,
Se trouva surmonté.

Car la divine essence,
Usant de sa clémence
Envers nous, par douceur,
Feist que son fils unique
La Vierge très-pudique
Enfanta sans douleur.

Le sainct jour, la nature
Et toute créature
A Dieu gloire chanta,
Car, naissant sur la terre,
Cest enfant pour la guerre
La paix nous apporta.

Après, par mort amére,
Délivra nostre pére
De l'obscure prison,
Et, en monstrant la voye
De salut, lui octroye
De son vice pardon.

Prions le Roy de gloire
Qu'il nous donne victoire
Dessus nos ennemys,
Ou que tost les réduise
Au giron de l'Église,
Et nous doint Paradis.

68

XX.

NOEL FORT ANTIEN.

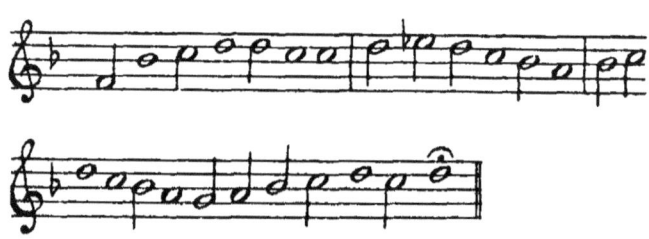

Réveille toy, fidéle,
Chante vers gratieux
Composés par la belle
Mére du Roy des cieux.

Ceste Vierge bénigne
Doucement les chanta
Quand sa chére cousine,
Seulette visita.

A chanter nous convie,
Et resjouir aussy,
Quand d'esprit fut ravie,
Chantant ces mots ainsi :

Mon âme magnifie
Le Seigneur tout-puissant,
Et en lui seul se fie
Dont tout bien est yssant.

Par sa bonne assurance
Mon esprit, tout en soy,
Est en resjouissance
En Dieu, salut de moy.

Sur son humble servante
A jetté ses deux yeux,
Dont toutte âme vivante
Me bénit en tous lieux.

Sa grâce incomparable
Me faict un très grand bien,
Son sainct nom favorable
A toujours sera mien,

Et sa miséricorde
Et pitié d'iceluy
Humainement s'accorde
Vers tous craintifs de luy.

Vertu & force est mise
Sur son bras merveilleux,
Pour rompre l'entreprise
De tout homme orgueilleux.

Le fol a faict descendre
Du lieu de dignité
Et à l'humble a faict prendre
Le lieu d'auctorité.

A l'affligé sans cesse
Donne biens plantureux,
Et oste la richesse
Au riche malheureux.

Records de sa clémence,
Israël a receu
Son enfant d'excellence
Qui par grâce est conceu.

Ainsy fut sa promesse
Au grand père Abraham,
Et à tous siens sans cesse
Jusques au dernier an.

XXI.

NOEL NOUVEAU

EN L'HONNEUR DE LA NATIVITÉ DE NRE SAUVEUR JÉSUS-CHRIST.

Sus debout, gentils esprits,
Qui tant divins escrits

Chantez de maint grand seigneur,
  Pour vous mettre en honneur
Donnez fin au trop long sommeil
  Par un joieux réveil :
  La vermeille aurore prédit
  Bonne fin de la nuit.

  Et desjà les frains dorés
  Des chevaux embrasés
  De Phœbus tant radieux
  Paroissent en tous lieux ;
  Nostre salut est advancé
  Plus qu'on auroit pensé.
Il n'est plus temps de sommeiller,
  Il se fault réveiller.

  Nous avons tel argument
  Pour chanter haultement ;
  Nul sans grâce n'a pouvoir
  L'escrire & concevoir :
Encor que Pan pour mieux chanter
  Soy voulust présenter,
J'en attendrois bien seurement
  Son tout seul jugement.

Sus donc, prenons plume en main,
  Et d'un stille haultain,

Enflé des douces fureurs
Des parnassiques sœurs,
Chantons le siécle plus heureux
Qui fut oüi sous les cieux,
Chantons, saluons retournay
Avec l'aage doré.

Car voici le temps prescript
Que Cumène a descript,
Que Dieu, le Pére tout-puissant,
A donné son enfant
Pour rachepter le genre humain
Perdu de longue main,
Qui descendoit, sans nul confort,
En l'ombre de la mort.

Mais comme d'un beau printemps
On voit les élémens
S'eschauffer & esbaudir,
Et l'herbe reverdir,
Ainsy pour vray l'homme pécheur
Venant en grand langueur,
Lors qu'est nasqui le Tout-Puissant,
A esté florissant.

Chassons Mars & ses terreurs,
Plain de touttes fureurs,

Chacun de vice taché
Qu'il laisse son péché ;
Lors on verra, à l'advenir,
La loy de Dieu tenir ;
Justice & paix se sont aimées
Qui s'estoient absentées.

Faisons donc le nom de Dieu
Retentir en tout lieu,
Chantons sa divinité
Joincte à l'humanité,
Car les princes les plus puissants,
En s'assubjectissant,
D'estrange terre sont venus
Pous sciens estre tenus.

O noble lignée des cieux,
Eternel Dieu des dieux,
Le seul espoir d'Israël,
Qui est à toy pareil,
Quand les plus grands dieux des gentils
Tu as anéantys,
Donnant à cognoistre en tout lieu
Que tu es le vray Dieu ?

Qui seroient ces folles gens
Qui des dieux des païens

Voudraient tous, hors de raison,
Faire comparaison,
Quand mesme les cieux lumineux
Et enfers abismeux
Tremblent au son armonieux
De ton nom précieux ?

L'homme serait dépourveu,
Ayant ce faict cogneu,
S'il ne cognoissoit à l'œil
Que tu es non pareil :
Par quoy chacun de nous, Seigneur,
Te donnons grand honneur,
Te confessant son Dieu, son roy,
Espéré par la loy.

XXII.

NOEL NOUVEAU

SUR LE CHANT DU PSAUME « AINSY QU'ON OIT LE CERF BRAIRE »

Tout ainsy que la lumière,
Après un temps ténébreux,
Nous semble plus belle & claire
Et plus agréable aux yeux,

Ainsy l'homme que l'ennuy
A de joye forbany,
Reçoit plus d'heur & liesse
Aprés l'ennuy & tristesse.

Doncques nous qui, par l'offense
De nostre péché trés ort,
Sommes en l'obéissance
De l'enfer & de la mort,
Ayant receu cest enfant
Qui des maux tous nous deffend,
Soyons plus joieux, en somme,
Qu'avant le forfaict de l'homme.

Cest enfant nay de Marie,
Vierge perdurablement,
Avecques Dieu nous rallye
Autant mieux qu'auparavant.
Il est le grand Dieu puissant
Qui va nos maux effaçant ;
Sur mon âme, qu'on s'advance
De révérer sa naissance.

Chantons comme ce grand maistre,
Nostre grand Dieu, nostre roy,
En Bethléem voulut naistre
Pour mieux accomplir la loy ;

Avecques les pastoureaux
Qui veillent sur leurs troupeaux,
Prenons le luth et la lyre
Pour à Dieu louange dire.

Et vous, pasteurs de la France,
En ces jours d'affliction
Venus par la négligence
De votre vocation,
Ne soiez plus endormis
Aux lieux où Dieu vous a mis :
Tost, tost, que chacun se range
Pour donner à Dieu louange.

Lors, vous verrez l'adversaire
En un moment abolly,
Et tout cry le ferez taire,
Mettant l'erreur en oubly,
Sus, sus, pasteurs vigilans,
A chanter ne soiez lents :
Le mal qui tant nous oppresse
Survient de vostre paresse.

L'Eternel, qui tout nous donne
Avecques son très cher fils,
Jamais les siens n'abandonne
Au temps qu'il leur a préfix ;

Mais il punit nos meffects,
Pour nous rendre plus parfaicts :
Quand le malin nous offense,
C'est par sa juste vengeance.

Or donc, peuple catholique,
Affligé outre le point,
Ce malheureux hérétique
Ne nous attirera point :
Un jour Dieu l'estonnera
Si fort qu'il trébuchera
Ès enfers par son audace,
Où est de l'orgueil la place.

Mais Dieu, où je me transporte,
Plustost, plustost fay luy l'heur
De te prier en la sorte
Qu'il relaisse son erreur.
Seigneur Dieu, ne permets pas
Que les trouppeaux soient espars,
Mais fais que ta saincte Eglise
En son entier soit remise.

Alors, plus qu'en nul autre aage,
On verra ton nom régner,
Et tous, d'un mesme courage,
Soubs tes loix se gouverner.

O Dieu, fais nous la faveur,
En nos jours, de voir tel heur ;
Donne nous aussy la grâce
De te voir un jour en face.

XXIII.

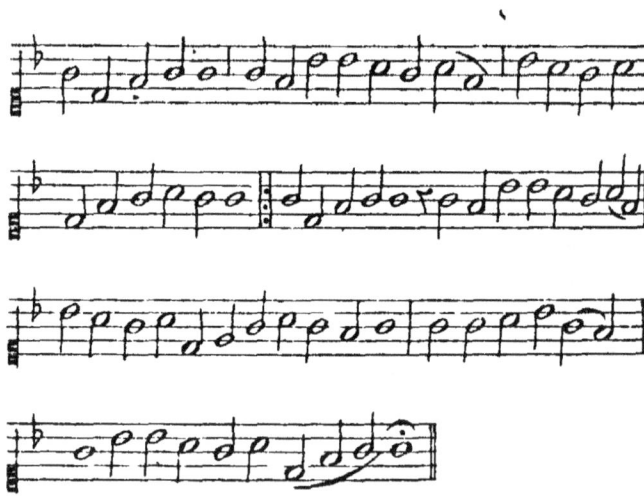

Voicy le temps qu'on si doibt resjouir
Par tout le monde universellement ;
On ne doibt pas nul autre chant ouir
Que chants nouveaux résonnant doucement.
Or chantons donc mélodieusement
En révérant le Roy de hault parage
Qui les humains a mis hors de servage.

Prépare-toy, pauvre pécheur humain,
Hastivement, car il en est saison,
Car le grand Roy, qui tient tout soubs sa main,
Veut huy venir loger en ta maison :
Celuy n'a pas usage de raison
Qui, par deffault de curer son étable,
Pert à loger un prince si notable.

Les prophètes sont les fouriers du Roy,
Qui les logis luy sont venus merquer ;
Gardez tous bien d'estre prins en desroy
Quand ce viendra les bons logis marquer :
Chacun y doibt, en son endroit, penser
De s'acoustrer si bien en son mesnage,
Qui veut loger un prince si notable.

Il doibt venir, le noble Roy, loger :
Viron minuit aujourd'huy le verrez ;
Voicy l'heure qu'icy doit ariver,

Chantons Noël, crions vive le Roy !
J'ay desjà veu venir tout son arroy,
Son grand hérault, sainct Jehan, plus que prophète,
Vient au devant, qui sonne la trompette.

Or est venu le noble Roy loger
Dedans la Vierge, comme chacun l'a sceu ;
En son ventre neuf mois, sans en bouger
De la Vierge, qui si bien l'a receu ;
Du Saint-Esprit la Vierge l'a conceu,
Pour y loger n'a point faict d'ouverture :
S'est bien logé sans y faire fracture.

Puisqu'avons veu, par signes évidens,
Que le Roy faict huy son advénement,
Préparons-nous, courons tous au devant
Hastivement, sans estre négligens,
A telle fin que puissions dignement
Tous nous trouver en la belle contrée
Du Roy nouveau qui faict huy son entrée.

Si nous voulons bien faire nos accords
Envers le Roy qui vient nouvellement,
Préparons tous nos âmes & nos corps
Viron minuit à son advènement :
Quand ce viendra au jour du jugement,
En la résurection généralle,
N'encourons pas sentence capitalle.

XXIV.

NOEL FORT ANTIQUE.

(1597).

A l'ombre d'un buissonnet,
　　Au matinet,
Soubs une espine florie,
Les pasteurs Noël chantoient,
　　De si bon hait,
Et menoient joyeuse vie.

Cuidez-vous que je suis aise
D'estre hors de la prison
Qu'Adam & Eve mauvaise
Ont acquis pas mesprison
A toute postérité,
  Humanité,
En mangeant du fruit de vie, •
Dont il fut deshérité,
  Des cieux jetté
Et sa séquelle bannye.

Mais la bonté supernelle
Eut de nous compassion,
A prins forme naturelle,
Pour notre rédemption,
Au sainct ventre virginel
  Dont Gabriel
(Que le fils Dieu s'humilie !)
A la Vierge au cœur ignel
  Feist salut bel,
En disant : Dieu te begnye !

Bien heurée et gracieuse
La plus qui oncques ne fut,
La Trinité glorieuse
T'envoye par moy salut,

Car le fils Dieu immortel
    Sera mortel,
Et si prendra chair humaine,
Par un mistére nouvel,
    Non naturel,
En vous qui estes pucelle.

La douce Vierge bénigne
Qui a bien nous a conduits,
Vers le messager s'encline
Disant : chambriére suis
A Dieu, mon pére éternel,
    Célestiel,
A joinctes mains le mercye :
Puisqu'il plaist au Roy des roys,
    Soit faict intel,
Et l'Escriture accomplye.

A ceste simple parolle,
Le Sainct-Esprit descendit,
Et du hault du ciel s'envolle
En la Vierge & la remplit.
D'elle issut le Roy des roys,
    En son palais,
Qui sur tous a seigneurie ;
Elle l'a porté neuf mois,

En bel arroy,
La douce Vierge Marie.

Une estoille lumineuse
En orient apparut,
Et feist clarté lumineuse
Dont le monde esbahy fut,
Démonstrant le naissement
     Du Roy puissant
Qui tous vivans viviffie ;
Trois roys offrirent présens
     D'or, & encens;
Et mirh de grand armonye.

Prions tous d'une alliance
Jésus, le Roy souverain
Qui, pour nostre délivrance
Descendit du ciel haultain,
Et vestit d'humanité
     La déité,
Au sainct ventre de sa mye.
Qui chante sa déité
     Soit hérité
Lassus en gloire infinie.

XXV.

NOEL NOUVEAU

COMPOSÉ PAR Mᵉ GUILLAUME LE GUEY, EN SON VIVANT VICAIRE
DE BASLINES.

DIALOGUE.

L'ANGE *commence*

Bienheureux pastoureaux
Soiez, ceste journée,
En huy sur vos trouppeaux
Tant de grâce est donnée.

PASTEUR

Parfaict
Effet :
Aions raison du faict,
Ou baille, par escrit,
Rescrit
Comme tu as suscript.

L'ANGE

Aujourd'hui de la belle
Pucelle
Est naqui Jésus-Christ.

PASTEURS

Ange, tu dis très-bien,
Mais que dire il te plaise
Où c'est ?

L'ANGE

En Bethléem
Chacun de vous y voye !

PASTEURS

Marchons,
Cherchons
Les moiens et façons
De voir ce beau Jésus,
Venu
Comme est dit de lassus.

L'ANGE.

Pendant à la tétine
Tant digne
Est là, n'en doutes plus.

PASTEURS.

Pour un seigneur si neuf
A-t-il grand seigneurie ?

L'ANGE.

Entre un asne et un bœuf
Est où se tient Marie,
Et n'ont,
Tout rond,
Que du foing sur quoy sont,
Logés sous un auvent
Au vent,
Où maint pauvre est souvent.

PASTEURS.

Faut-il que le grand maistre
N'ait estre
En chasteau ny couvent ?

L'ANGE.

Combien que vierge éleust
Joseph en mariage,
Lequel ne la cogneut,
Tant fut pudique et sage.

PASTEURS.

Comment
Deument
Advint-il autrement ?

L'ANGE.

L'Esprit-Sainct descendit,
Prédit,
Qui telle œuvre conduit,
Dont elle fut enceinte,
La saincte,
De l'enfant bénédit.

PASTEURS.

Dis nous, ange de Dieu,
Où fut-ce, sans reproche ?

L'ANGE.

Nazareth fut le lieu
Ou je feis telle approche.

PASTEURS.

Qui toy ?

L'ANGE.

Ouy, moy,
Messager du grand Roy.

PASTEURS.

Et te nommes ainsy,
Sans sy ?

L'ANGE.

Gabriel, Dieu mercy.

PASTEURS.

Et à toy, de surpasse,
    Soit grâce
Qui nous viens voir icy.

L'ANGE.

Cest enfant gracieux
Croy qu'il eust mère au monde ;
    Il a son père aux cieux
Dont par tout grâce abonde.

PASTEURS.

        Sans plus,
        Concluds
    L'adorer au surplus,
    Puisque du ciel ressent
        Descend,
.. Pour nos trouppeaux descend,
    Son heureux sacrifice
        Propice
Sera à toute gent.

L'ANGE.

Vous verrez, pastoureaux,
Trois princes d'excellence
Venir sur grands chameaux
En toutte diligence.

PASTEURS.

Pourquoy ?

L'ANGE.

Pour toy
Mieux fonder en la foy,
L'offre de leurs présens
Décent
D'or fin, mirh et encens,
Qui par un sens mistique
S'explique
A l'enfant pertinent.

PASTEURS.

Ange, puis qu'ainsy est,
Compagnie nous assorte
Jusqu'au lieu, s'il te plaist,
Et à luy nous assorte.

L'ANGE.

Allez,
Courez
Jusque au lieu, sy verrez.
Ainsy sont nos intents
Latens,
Les effets sont patens.

PASTEURS.

Mais comment ce peut faire
Que mère
Soit vierge en ung temps ?

L'ANGE.

La puissance de Dieu
Est incompréhensible,
Nul ne doit en tout lieu
L'estimer impossible ;
Mais croy
Luy Roy
Seul doit estre adoré.

PASTEURS.

Excuser l'argument
Présent
Te prions humblement.

L'ANGE.

Instruits tenez-vous doncques,
Si oncques
Eustes contentement.

PASTEURS.

Or, partons tous joieux
Puis qu'avons asseurance
Qu'est nay le Dieu des dieux,
Des humains l'espérance.
Laissons
Aux monts
Nos brebis & moutons,
Allons d'un cœur ignel,
Nouvel,
Voir le Roy d'Israël,
Allons qui nous pardonne
Et donne
Son amour à Noël.

XXVI.

CHANSON SPIRITUELLE

A LA LOUANGE DE LA NATIVITÉ NRE SEIGNEUR, COMPOSÉE PAR
MAISTRE GUILLAUME LE GUEY EN L'ANNÉE 1580.

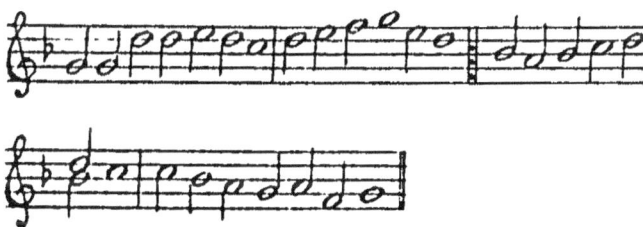

DAVID *commence.*

Chantons tous joieusement
  Noël, je vous prie,
A ce sainct advènement
  Du fils de Marie,
Qui vient payer la rançon
Du genre humain en prison.

LE PASTEUR.

Est-il vray ce que tu dys,
　　David, nostre frère,
Tous nos parents de jadis
　　Auroient-ils lumière ?
Tel peut bien estre empesché,
Veu qu'Adam avoit péché.

DAVID.

Le hault Dieu en trinité,
Par sa grand clémence,
De grâce & bénignité
Remettra l'offense,
Car il envoye son seul fils
Pour nous estre crucifix.

Encor DAVID.

Le prophète Ezéchiel,
　　Aussy Isaye,
La sibille et Daniel
Dient par prophétie
Que de Jessé descendra
Une fleur qui fruit rendra.

PASTEURS.

Que nous signiffie ce fruit
Et fleur tout ensemble ?
L'eschelle que Jacob veid,
Di nous qu'il t'en semble,
La porte close, & toison,
Et la flamme du buisson ?

DAVID.

Tout cela prédit estoit,
Donnant la figure
Qu'une vierge enfanteroit
Le Dieu de nature,
Qui souffriroit passion
Pour humaine nation.

PASTEURS.

Qui fera l'annoncement
    A ceste pucelle
Quand le Roy du firmament
    Descendra en elle ?

DAVID.

L'ange du ciel précurseur
En sera le conducteur.

PASTEURS.

Qui son nom imposera
A ce fruit de vye ?

DAVID.

Gabriel le nommera
 Ainsy, je t'affye,
En présentant le'salut
Qui pour humains tant valut.

Encor DAVID.

Les jours estant accomplis,
La Vierge aimable,
Dedans un pauvre logis,
Produira, sans fable,
Entre l'asne & bouvelet :
L'Escriture ainsy lè met.

Le mesme DAVID.

Paix ornera le logis
 De la Vierge pure,
Foy mettra les saincts tapis,
 Espoir la verdure,
Chaste & pure intégrité
 Serviront & vérité.

PASTEUR.

Sais-tu quand naistra ce fruict ?
Le jour, aussy l'heure ?

DAVID.

Ce sera en plein minuit,
Pour vray, je t'asseure,
Dessus ung petit de foing,
Délaissant plaisir mondain.

PASTEUR.

Or entends un peu icy,
Est-il point possible
Que cest enfant tant joly,
Tant digne & paisible,
Qu'a son sainct advènement
On le voye visiblement ?

DAVID.

Balaam avoit prédit
Que d'estrange terre
Trois grands roys, sans contredit,
Le viendroient requierre,
L'adorant avec présens
De fin or, mirhe et encens.

13

Encor DAVID.

Maintenant, pasteurs jolys,
  L'heure est arrivée,
Que le Roy de paradis
  Est nay en Judée :
Chacun face son présent
  A ce petit innocent.

PASTEUR.

Or sus, bergerons de hait,
  Chacun se réveille :
Allons tous par Nazareth
  Pour voir la nouvelle
Du fils de Dieu qui est nay
Dans Bethléem la cité.

UN PASTEUR.

Voisin, veux-tu point venir
  Voir cette accouchée ?
Toy, Michau, veux-tu suivir
  La nostre assemblée ?
Je porteray, pour ma part,
Un jambon & un canart.

AUTRE PASTEUR.

Je lui donnerai un aigneau
  Le plus beau que j'aye,
Mon parpoinct & mon manteau,
  Et si, par la voye,
  J'exalteray son honneur
Puisqu'il est si grand seigneur.

DAVID.

  Pour resjouir cest enfant,
  Porteray ma harpe,
  Un psalme j'irai sonnant,
  Et, dans mon escharpe,
  Porteray deux perdreaux
  Que j'ai prins à mes gluyaux.

PASTEURS.

Il est temps que nous partions,
    David, nostre maistre,
Laissons paistre nos moutons
    En ce lieu champestre ;
    Soubs l'assurance de Dieu,
    Partons tous, disant à Dieu.

PASTEUR.

Et moy qui vient sur le tard,
Tout plain de froidure,
Lui dirai-je point Dieu gard ?
Ouy, vraiment j'en jure,
Je lui donneray un bonnet
Et des gans de peur du froid.

Moy, Eloy, lui donneray
Une chemisette,
De peur qu'il ne soit gelé
Dedans la créchette,
Ou luy ferai faire un manteau
A ce jeune Messiau.

DAVID.

Allons tous dévotement
Luy faire priére,
Et faisons chacun présent
A luy & sa mére,
Qu'il conserve nos moutons
Qui paissent parmy les monts.

TOUS LES PASTEURS *arrivés au lieu.*

A genoux, Dieu tout-puissant,

Te faisons requeste
Que le fier loup ravissant
　Plus ne nous moleste,
Et qu'au repos éternel,
Nous puissions chanter Noël.

XXVII.

NOEL NOUVEAU

EN FORME DE TRUDAINE.

Descouvrons la feste,
Perrin & Jacquin & Guillemette,
Descouvrons la feste
De ce doux Messiau.

Pastoureaux, qu'on se réveille,
Allons tous voir l'enfant,
On dit que c'est merveille
Tant il est triomphant :
Apporte ta musette,
Perrin & Jacquin & Guillemette,
Apporte ta musette
Et ton petit billart.
Descouvrons la feste, &ᵃ.

En trés belle assemblée
Il nous y faut aller,
Affin qu'il se souvienne
De nous mieux visiter :
Nous manderons Gillette,
Perrin & Jacquin & Guillemette,
Nous manderons Gillette
Pour lui faire un gasteau.
Descouvrons la feste, &ᵃ.

Quand tous furent ensemble
Il les faisoit bon voir ;
A beaux sabots de tremble
Tous vindrent pour sçavoir :
Du cousteau de Gillette,
Perrin & Jacquin & Guillemette,
Du cousteau de Gillette,
Couppérent le gasteau.
Descouvrons la feste, &ᵃ.

Tout auprés d'un bocage
Se mirent à danser,
Alix au beau corsage
Se print à commencer
Trés belle chansonnette,
Perrin & Jacquin & Guillemette,
Trés belle chansonnette

Faicte tout de nouveau.
  Descouvrons la feste, &ª.

L'un apporta sa bille
Et son pennier plein d'œufs,
L'autre apporta sa quille
Et deux billarts tout neufs,
Et l'autre sa houllette
 Perrin & Jacquin & Guillemette,
Et l'autre sa houllette
Et son petit billart.
  Descouvrons la feste, &ª.

Prions le fils Marie,
De bonne volonté,
Qu'il nous doint bonne vye
Par sa digne bonté,
Et nous garde de peste,
Perrin & Jacquin & Guillemette,
Et nous garde de peste
Et de danger mortau.
  Descouvrons la feste, &ª.

XXVIII.

NOEL NOUVEAU.

(1597).

Sur le chant : *Je ne voudrois pas pour mon*
corset que le mariage ne fut faict.

Guillot, n'as-tu point ouy
Chanter les divins anges ?
Ouy, j'en suis esjouy
D'ouir telles louanges :
C'estoit un vray paradis
De leurs chants & de leurs dits.
J'ay ouy dès le matin
Rendre gloire au Roy divin.

O la divine splendeur
Qui a esté cogneue !
C'estoit l'ange du Seigneur
Au milieu de la nue ;
Radieux, resplandissant,
Rendoit gloire au Tout-Puissant.
    J'ay ouy dès le matin, &ª.

Disoit : tenez-vous joyeux,
Pasteurs, de ces nouvelles ;
Allez voir le Roy des cieux,
Qu'un chacun s'apareille :
En Bethléem il est nay,
Au lieu de Dieu ordonné.
J'ay ouy dès le matin, &ᵃ.

Nous sommes tous advertis
D'aller voir le Messie,
Nous deussions estre partis
Pour voir le fruit de vie :
Marchons, courons de bon cœur
Et allons voir le Sauveur.
J'ay ouy dès le matin, &ᵃ.

Freté, prends un gaumichon,
Et Robin la gouyère ;
Je porte un petit cochon
Dedans ma panetière
Bien refaict, gras & poly :
Mon Dieu, qu'il sera joly !
J'ay ouy dès le matin, &ᵃ.

Aions de l'enfant le soing
En ce qu'est nécessaire ;

J'ay du linge à son besoing,
Il en a bien affaire ;
Un beau drap blanc comme un lis :
Mon Dieu, qu'il sera joly !
　　J'ay ouy dés le matin, &ª.

Marquet, c'est très bien parlé :
De ma part, je m'advance
De luy faire un aureillé,
J'en fais grand diligence,
De la plume de mon lit :
Mon Dieu, qu'il sera joly !
　　J'ay ouy dés le matin, &ª.

J'ay un bel œillet flory
Couvert en ma cachette :
Haste-toy, va le quérir,
Ma douce amye Jaquette.
Attendez qu'il soit cueilly :
Mon Dieu, qu'il sera joly !
　　J'ay ouy dés le matin, &ª.

Sont venus joieusement,
En bonne compagnie,
Luy offrant bénignement
Et le bien & la vye,
Disant tous à haulte voix :

C'est Jésus, le Roy des roys.
  J'ay ouy dès le matin, &ᵃ.

Supplions le doux Jésus
Et la sacrée Marie
Que les puissions voir lassus
Tous, après ceste vie,
Au grand trosne glorieux
Du sainct royaume des cieux.
  J'ay ouy dès le matin, &ᵃ.

XXIX.

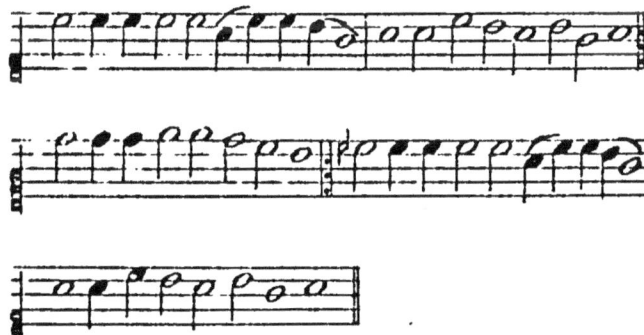

NATURE.

Hélas, humains, c'est bien raison
Que nous plorions amèrement
Le forfait & la mesprison
D'Adam, nostre premier parent!
Par luy sommes en grand tourment;
Par luy sommes trestous bannis
De Dieu, le père omnipotent,
Et de la court de paradis.

ADAM.

Nature humaine, prens soulas,
En faisant jubilation :
Venu est le vray Messias
Pour faire ta rédemption.
Pour toy prendre incarnation,
Pour toy veust estre faict mortel ;
Tu auras consolation
A la venue de Noël.

NATURE.

Adam, tu fus faict immortel,
Plus beau que jamais homme fut ;
Le droit avais originel,
Sans le serpent qui te deceut.
Ton orgueil bien tost apperceut
Le créateur qui t'avoit faict :

Il t'a donné dessus ton suc
Le coup dont as été deffaict.

ADAM.

De mon orgueil on m'a reprins
Et banni rigoureusement ;
Contre moy sentence en a prins
Mon adversaire en jugement;
Mais mon procés est seurement,
Car j'ay impétré un relief :
Le roy, à son advénement,
Me fera jouir de mon fief.

NATURE.

J'en ay porté tort & grief
Et paie l'amende au seigneur.
Les membres se deullent du chef
Qui est cause de leur douleur,
Douleur, hélas ! qui tient au cœur
De tristesse prins & ennuy :
Il me faut proposer erreur
Pour estre à mon bon droit ouy.

ADAM.

Par prophétie tu sçais bien
Qu'une pucelle doit porter

Le juge qui ne craindra rien
Contre tous autres disputer.
Il est venu pour nous venger
Et mourir mais qu'il ait vescu ;
Encor un peu faut endurer :
Tel endure qui n'est vaincu.

NATURE.

Six mil ans a que dans l'enfer
Suis en pleurs & gémissemens ;
Justice est plus dure que fer,
Quelle ne me donne allégement ?
Vivray-je tousjours en tourment ?
Vivray-je tousjours en langueur ?
Est point finy le mandement
De pénitence & de rigueur.

ADAM.

Le roy de paix & bon accord,
De longtemps aux humains promis,
A mis à fin nostre discord
Et nous a rendus bons amis.
Envers le prince s'est submis
Pour nous paier nostre rançon :
De prison nous serons hors mis
Maintenant, il en est saison.

NATURE.

O fructueux advénement !
Humains, avez-vous rien ouy ?
Justice dort, rigueur se pend,
Mon cœur en est tout resjouy :
Devons nous point chanter, ouy,
Joyeusement Noël, Noël ?
Nostre vouloir est accomply,
Puisque le mandement est tel.

ADAM.

Chérubins, Trosnes, Séraphins,
Puissances, Dominations,
Chantez Noël a touttes fins,
Et descendez par légions :
Mettez bas tribulations
Dont le peuple est environné,
Puis annoncez aux nations
Que le vray Messias est né.

NATURE.

Princes, barons, comtes & ducs,
Vostre pompe mettez au bas :
Apportez les hommages deubs
Au Roy plus vite que le pas.

Mettez-vous sur champs à grands tas
Et affluez de toutes parts :
Chacun soit garny de son cas,
Affin qu'il y puisse avoir part.

ADAM.

Pasteurs qui gardez vos brebis,
Laissez vos aigneaux & moutons,
Prenez malettes & habits,
Chappeaux, houlettes & bastons ;
Chantez les haults & les bas tons,
Chants armonique & primerain :
Il est temps que nous esbatons
Avec le pasteur souverain.

NATURE.

Prince haultain, tout goùvernant
En bonne paix & union,
De ton peuple soye souvenant
Qui vit en tribulation :
Donne-luy consolation
A ton joyeux advénement,
Puis à la fin rémission
De ses péchés entièrement.

XXX.

NOEL

COMPOSÉ PAR MAISTRE GUILLAUME LE GUEY, PRÊTRE.

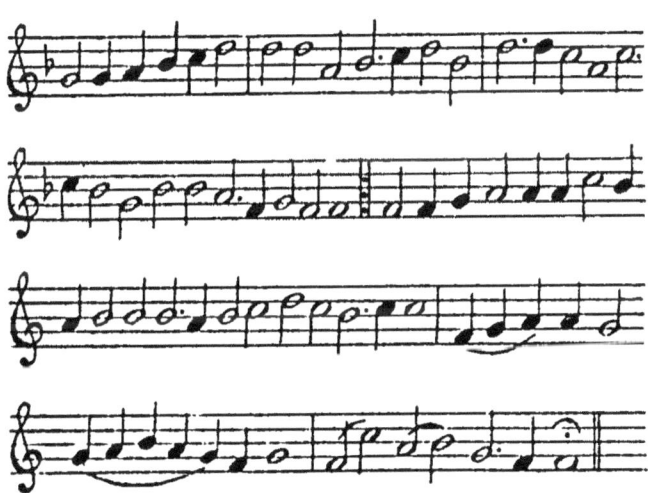

BALTAZAR *commence.*

Jaspar, allons voir la Vierge bénigne,
Tant divine,
Tant poupine

Sur touttes vierges de choix,
Descendue de la régalle ligne
Masculine,
Si très-digne
Des patriarches & roys :
Allons la voir, je vous supplie tous trois,
Et faire hommage à son doux enfançon.

Kyrie, Christe, Kyrie eleison,
O Christe, audi nos.

JASPAR.

Allons donc voir, d'un cœur franc & honneste,
Faisant fête
Manifeste,
Le créateur souverain,
Le fort vainqueur du faux dragon inceste,
Qui moleste
Et infeste
Nuit & jour le genre humain.
Il est venu, de pitié comble plain,
Pour les humains rachepter de la mort.

Kyrie, Christe, Kyrie eleison,
O Christe, audi nos.

MELCHIOR.

Roy Baltazar, voiez l'estoille fine
Qui sencline,
Faisant signe
Pour nous mener jusqu'au lieu
Où faict celuy qui le monde enlumine
En ruine
Sa gésine,
Combien qu'il soit puissant Dieu.
Si voulut-il nasquir au fin milieu
D'un toict à bœufs descouvert & desclos.

Kyrie, Christe, Kyrie eleison,
O Christe, audi nos.

BALTAZAR.

Sçavez-vous pas que, par la prophétie,
Jérémie,
Isaïe,
Ont bien parlé de cecy :
Pas ne s'en sont teus, je vous certifie,
Zacharie,
Ezéchie,
Ny les sibilles aussy,

Qu'une vierge viendroit sans ce ne sy
Dont nasquiroit le puissant O Theos.

Kyrie, Christe, Kyrie eleison,
O Christe, audi nos.

JASPAR.

Porter luy vueil un présent honorable,
Acceptable,
Convenable
A sa saincte Majesté,
Afin qu'il soit à jamais favorable,
Secourable
Et affable
A ma pauvre humanité :
Très-fin myrrh, or, dénotant pureté,
Luy vueil porter pour embaumer son corps.

Kyrie, Christe, Kyrie eleison,
O Christe, audi nos.

MELCHIOR.

Adorer vueil ceste divine essence
Tant immense,
Révérence,
Remplie de suavité,
A celle fin qu'il, par sa grand clémence,

De moy pense
En diligence
Au jour que seray cité
A comparoir devant sa deité :
Porter luy veux partie de mes trésors.

Kyrie, Christe, Kyrie eleison,
O Christe, audi nos.

BALTAZAR.

Porter luy vueil encens aromatique,
Sabéique,
Qui s'applique,
Dénotant qu'il est vray Dieu,
A fin que son hault pouvoir déifique,
Magnifique,
Pacifique,
Soit vers nous en chacun lieu :
De luy je vueil tenir terres & fiefs,
Car son saint nom est en mon cœur enclos.

Kyrie, Christe, Kyrie eleison,
O Christe, audi nos

JASPAR.

Gracieuse progénie davidique,
Jesséique,
Roséique,

O mère du Dieu des dieux,
Tires nous hors du chemin plutonique,
Cerbérique,
Vénéfique,
Et de tous infernaux lieux :
Des grands trésors & haults souverains cieux
Participans faics nous estre & consors.

Kyrie, Christe, Kyrie eleison,
O Christe, audi nos.

TOUS ENSEMBLE.

Très doux Jésus, deffends nous de morsures
Des parjures,
Plains d'injures,
Qui règnent au temps qui court,
Te suppliant qu'ores mais plus n'endures
Leur très dure
Malfaicture :
Fais que leur règne soit court,
Fais l'un muet, l'autre claud, l'autre sourd,
Et fais qu'ils aient à jamais les yeux clos.

Kyrie, Christe, Kyrie eleison,
O Christe, audi nos.

XXXI.

NOEL NOUVEAU

POUR LE JOUR DE LA CIRCONCISION.

Composé par le sr Verdier et se chante sur :
Roussignolet du bois sauvage, &ª.

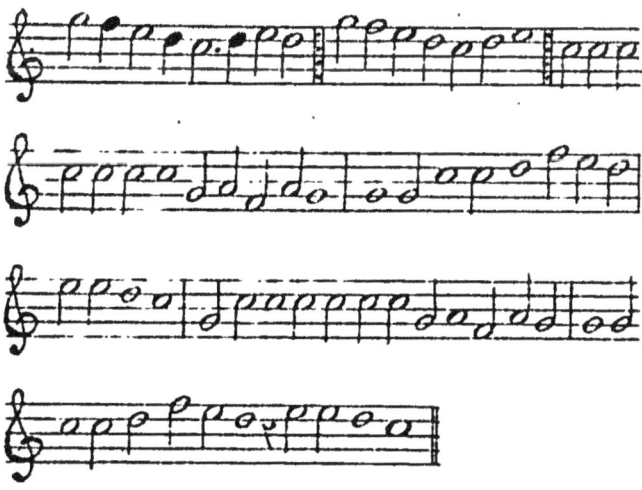

Le soleil vers nous s'avance,
A ce premier jour de l'an,
Pour advertir nostre France
Vouloir adorer l'enfant
Que nous a produit Marie
  Pour effacer
Le péché du fruit de vie
  Et le chasser.
Chrestiens donc, ce jour d'estrène,
  Chantons Noël,
Et du bonheur qu'il amène
  Dieu soit loué !

La voulte qui tout enserre
Renouvelle sa clarté,
Et dessus nostre hémisphère
Fait reluire sa beauté
Pour monstrer ceste journée
  Avoir esté
La première ensanglantée
  De Jésus nay.
Chrestiens donc, ce jour d'estrène,
  Chantons Noël,
Et du bonheur qu'il amène
  Dieu soit loué !

Par quoy faut qu'à présent l'homme,
Voiant ceste nouveauté,
Ne soit si nonchallant comme
Les ancestres ont esté,
Permettant la forme ronde
    Bailler l'honneur
Seulle à Jésus, de ce monde
    Le gouverneur.
Chrestiens donc, ce jour d'estrène,
    Chantons Noël,
Et du bonheur qu'il amène
    Dieu soit loué !

Combien petite est la gloire
Qui peut provenir des cieux,
Tant fut certaine & notoire
Qu'il soit beau & gracieux,
Si l'homme ne glorifie
    Son créateur,
Et à Jésus ne se fie
    Son rédempteur !
Chrestiens donc, ce jour d'estrène,
    Chantons Noël,
Et du bonheur qu'il amène
    Dieu soit loué !

Mais que lors, je vous demande,
Pouroit-il l'homme chanter,
Ou bien plus tost telle offrande
L'homme pouroit présenter
Pour célébrer la naissance
  De Jésus nay,
Qui pour nostre délivrance
  Nous est donné ?
Chrestiens donc, ce jour d'estrène,
  Chantons Noël,
Et du bonheur qu'il amène
  Dieu soit loué !

Puisqu'à Dieu sont toutes choses
Et tout nous provient de luy,
Comme, en l'océan encloses,
Les eaux coulent d'iceluy,
Offrir à Dieu biens terrestres
  Seroit-ce pas
Des eaux, fleuves & champestres,
  Des mers l'amas ?
Chrestiens donc, ce jour d'estrène,
  Chantons Noël,
Et du bonheur qu'il amène
  Dieu soit loué !

Si ce n'est que de céleste,
Pour habiter avec nous,
S'estant faict homme terrestre
De la mesme chair que nous,
Des maux à présent l'affligent,
    Nécessité
Auquel les mortels obligent
    [La déité.]
Chrestiens donc, ce jour d'estrène,
    Chantons Noël,
Et du bonheur qu'il amène
    Dieu soit loué !

Toutes fois Joseph, son père,
A de quoy le secourir
Avec Marie, sa mère,
Et honnestement nourir,
Et Jésus point n'a envie
    De posséder
Biens terriens, ains pour sa vye
    Veut demander.
Chrestiens donc, ce jour d'estrène,
    Chantons Noël,
Et du bonheur qu'il amène
    Dieu soit loué !

Affin doncques qu'il accepte
Ce petit nostre présent,
Offrons luy nostre âme nette
A ce premier jour de l'an,
Le priant que nostre vie
    Ne face pas
Que nostre âme soit ravie
    A son trespas.
Chrestiens donc, ce jour d'estrêne,
    Chantons Noël,
Et du bonheur qu'il amêne
    Dieu soit loué !

XXXII.

NOEL NOUVEAU

EN FORME DE DIALOGUE,

Composé par le sieur Verdier sur le chant :
Humains, prestez les aureilles.

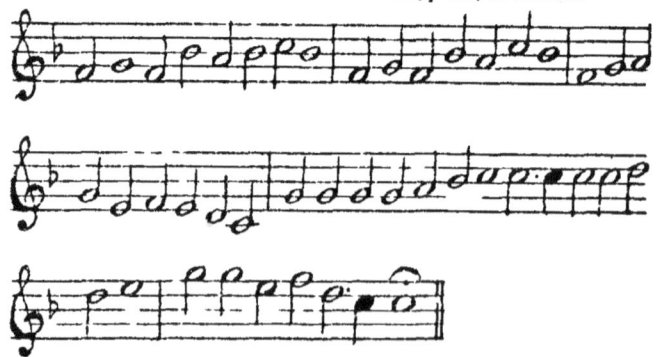

L'ANGE *commence*.

Marie, je vous salue
Au nom de Dieu immortel,
De tout péché impollue
En tout pour estre mortel.
Jésus-Christ, son fils très cher,
Prendre vient humaine chair.

MARIE.

Comment, ô voix angélique,
Pourra ce estre parfait ?
N'avais je pas de pudique
Vœu à Dieu solemnel faict ?
Estre donc mère ne puis
Si par vœu vierge je suis.

L'ANGE.

Dieu est autheur de nature,
Les loix Dieu ne doit garder ;
N'y convie la créature
Pour à icelles céder.
Jésus-Christ, son fils très cher,
Prendre vient humaine chair.

MARIE.

De Dieu je scay la puissance,
En ses faicts je le peux voir,

Mais de moy pouvoir ne pense
Estre mére & concevoir :
Estre mére donc ne puis
Si par vœu vierge je suis.

L'ANGE.

Quand fleurit l'aridé verge,
Sans avoir humidité,
Monstroit que de vous, ô Vierge,
Aiant vostre chasteté,
Jésus-Christ, son fils trés cher,
Prendre vient humaine chair.

MARIE.

Comment cecy pouroit estre,
Puisque ma virginité
Entière ne peut admettre
Qu'un enfant j'aye porté ?
Estre mére donc ne puis
Si par vœu vierge je suis.

L'ANGE.

Comme du buisson la flamme
Ne pouvoit rien consommer,
Ainsy, sans que rien n'y entre
En vostre corps pour ce former,

Jésus-Christ, son fils très cher,
Prendre vient humaine chair.

MARIE.

Afin que je feusse mère,
Il me faudroit un espoux ;
Quand mon vœu je voulus faire
Je les ai refusés tous :
Estre donc mère ne puis
Si par vœu vierge je suis.

L'ANGE.

Au lieu de l'homme y opère
L'Esprit sainct & éternel,
Provenant de Dieu le père
Et à luy coéternel :
Jésus-Christ, son fils très cher,
Prêndre vient humaine chair.

MARIE.

Voicy de Dieu l'humble ancelle :
Soit faicte sa volonté,
Et luy prie que je sois telle
Son fils aiant enfanté.
Estre mère je pouray
Et tousjours vierge seray.

XXXIII.

NOEL NON NOUVEAU

MAIS FORT ANTIQUE.

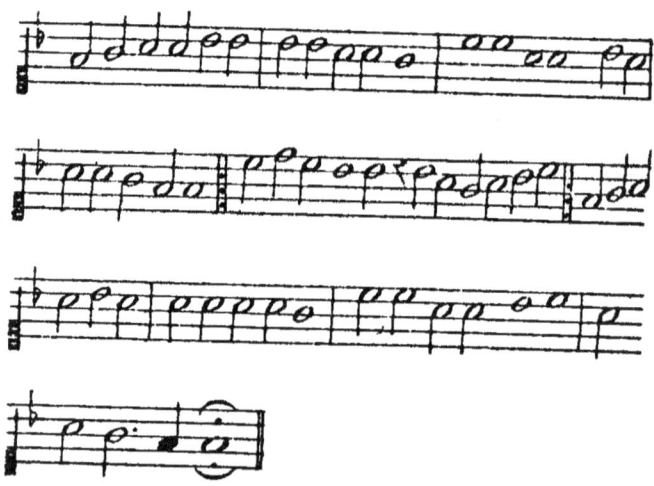

N'es-tu pas bien aise,
Peuple d'Israël,
Jésus-Christ te baise :
Chante donc Noël.

Miséricorde
Avecque vérité,
Paix & concorde
Ont fait solempnité
Du divin mistére
Qui veut appaiser
L'erreur du grand pére
Par un doux baiser.
N'es-tu pas bien aise, &ᵃ.

Le fils de Dieu,
Personne en trinité,
Vient en ce lieu
Pour prendre humanité :
Par quoy il faut voire,
Croire entierement
Que c'est nostre gloire,
Nostre sauvement.
N'es-tu pas bien aise, &ᵃ.

Amour lui faict
Mesler divinité
Par le forfaict
De nostre iniquité.
Nature en souffrance,
Prens contentement,
Auras deslivrance

De ton grief tourment.
N'es-tu pas bien aise, &ª.

Le paranimphe
A desjà visité
La belle nimphe,
Et luy a récité :
Ave, gracieuse,
Fille d'un grand Roy,
Sur touttes heureuse,
Car Dieu est en toy.
N'es-tu pas bien aise, &ª.

En toy celuy
Prend incarnation
Qui tient en luy
Toute perfection :
C'est le Roy de gloire
Qui vient triumpher
Et avoir victoire
Du malin d'enfer.
N'es-tu pas bien aise, &ª.

Bien cinq mil ans
Pères ont attendu,
En languissant,
Ce bien ont prétendu

Qui vient apparoistre
Ce jour de Noël,
Car le Christ veult naistre
D'un corps virginel.
N'es-tu pas bien aise, &ᵃ.

Droit à minuict
La Vierge a enfanté,
Toute la nuict
Les anges ont chanté :
Gloire supernelle
Soit aux cieux luisans,
Paix universelle
Soit à tous vivans !
N'es-tu pas bien aise, &ᵃ.

Puis, du hault lieu,
Par éternel éédit,
Tout en un lieu
L'ange vient & leur dit :
Laissez brebis paistre,
Voyez l'enfant beau,
Le seigneur & maistre
De vostre trouppeau.
N'es-tu pas bien aise, &ᵃ.

Car, je vous dy,
Vostre pasteur est nay ;
C'est aujourd'huy
Qu'un fils vous est donné.
C'est le vray Messie,
Roy du firmament,
Dont la prophétie
Chante haultement.
N'es-tu pas bien aise, &ᵃ.

Pasteurs gentils,
Prenez tous réconfort,
Grands & petits,
Mettez vous en effort :
De chansons rustiques
Dont estes sçavans,
Ou quelques cantiques,
Mettez en avant.
N'es-tu pas bien aise, &ᵃ.

Toutte victoire
Gist en son bras puissant,
Et si a gloire
Sur le loup ravissant :
Dont, bergéres franches,
De lauriers tous verds
Portez lui des branches

Pour orner son bers.
N'es-tu pas bien aise, &ᵃ.

Sur cest instant,
Les pasteurs ont veillé
Joieusement,
Sans avoir sommeillé,
Dedans la prairie,
Près de leurs aigneaux,
Menant rusterie,
Chantant chants nouveaux.
N'es-tu pas bien aise, &ᵃ.

D'une violle
Oiant douces chansons,
Je m'en rigole
En accordant aux sons :
Dessoubs un verd chesne
Jacquette jouoit,
Au près d'un grand fresne
Jancton dansoit.
N'es-tu pas bien aise, &ᵃ.

Perrot s'en vint
A nous, d'un cœur joieux ;
Il luy souvient
De l'ange gracieux.

Prions la commère,
C'est bien la raison :
Faisons luy prière
Par douce oraison.
N'es-tu pas bien aise, &ᵃ.

Chacun s'esbat,
Par curiosité,
Faire un sabbat,
Et, par joieuseté,
Voicy, dit Eustache,
D'une venaison
Qu'ay prins à la chasse
Pour ma garnison.
N'es-tu pas bien aise, &ᵃ.

Marchons le pas,
C'est par trop arresté ;
Tout nostre cas
Est tant bien appresté.
Dis nous, gueulle noire,
Viendras tu o nous,
Pour nous faire boire
Et enivrer tous ?
N'es-tu pas bien aise, &ᵃ.

Voicy le lieu,
Le lieu bien triumphant,

Où nostre Dieu
Est sur le foing gisant :
O grande lumière,
Œuvre supernel,
Trinité entière
Du Dieu éternel !
N'es-tu pas bien aise, &ᶜ.

Voicy trois roys,
En habits sumptueux,
Par ard arroy
Venus de divers lieux :
Ont faict diligence
De leurs beaux présens
Faire obéissance,
D'or, myrrh & encens.
N'es-tu pas bien aise, &ᵃ.

Nous te prions,
Selon nostre debvoir,
Et supplions
Qu'un jour puissions voir
Gloire infinie
Au trosne des cieux,
Aprés ceste vie
De terrestres lieux.
N'es-tu pas bien aise, &ᵃ.

XXXIV.

NOEL

POUR LE JOUR DE LA CIRCONCISION.

Composition dudit le Guey.

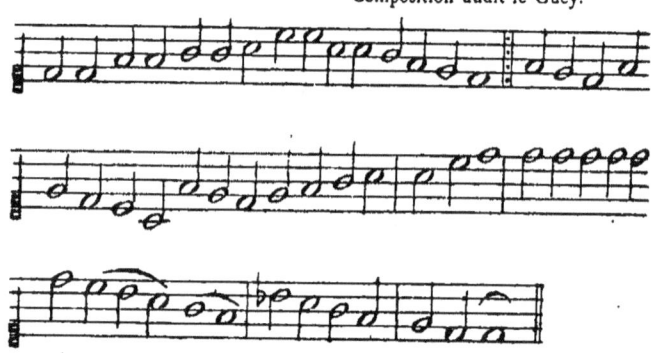

Or est le monde estréné
Du désiré fruict de vie,
L'enfant promis est donné
Qui nous rend de mort à vie ;
De joye la terre est remplie :
Donnons gloire à cest enfant
      Grand, grand, grand !
De Dieu la paix est oye
Jusqu'au monde languissant.

Adam s'estoit séparé
De Dieu pour outrecuidance ;
Jésus-Christ l'a réparé
Par grâce & pure innocence :
Luy qui a toutte puissance
S'est anéanty cy-bas,
      Bas, bas, bas,
Qui du péché la vengeance
Soustient pour nous sur ses bras.

Bergers, plus que demy-dieux
D'avoir receu ceste grâce
De l'éternel Dieu des cieux
Lors qu'il vient en terre basse,
Que, premiers devant sa face,
Vous vous mistes à genoux,
      Tous, tous, tous,
L'adorant en pauvre place,
Vray Dieu & homme très doux.

Trois roys des orientaux,
Par divine sapience,
Non vaincus de longs travaux,
Pour avoir eu espérance,
Ont veu la divine essence

Au prés de deux animaux,
        Beaux, beaux, beaux,
D'une grande révérence
Luy offrent riches joyaux.

Aprés l'adoration
De l'enfant qui tout précelle,
Sans faire dilation,
Remplis de grâce & bon zéle,
Et, poussés de foy ignelle,
Quittent leurs dieux de métaux,
        Faulx, faulx, faulx,
Qui tresbuchent l'infidelle
Aux bas manoirs infernaux.

C'est luy qui est bon pasteur,
Nostre advocat, nostre frére,
C'est le seul médiateur
Devant Dieu pour nostre affaire ;
Si en main ne prend l'affaire,
Rien n'est au pauvre pécheur
        Seur, seur, seur :
Qui ainsy ne le veut croire,
Reprend Dieu d'estre menteur.

C'est l'enfant doux & parfaict,
Exempt de toutte malice,

Qui a accomply effect
Le sacrifice propice.
Hé ! que l'homme seroit vice,
Ingrat & fol insolent,
  Lent, lent lent,
Qui d'un si grand bénéfice
Ne l'exalte promptement.

C'est luy seul qui a esté
De Dieu le vray secrétaire,
A tous a manifesté
Ce qui plaist à Dieu son père :
Autrement prêcher & croire
Est vain & faux argument,
  Vent, vent, vent,
A celuy qui au contraire
Assied fol jugement.

Du fils de Dieu le pur sang
A esté le purgatoire ;
L'homme serf est rendu franc,
Ce point est à tous notoire,
Et qui, par autre accessoire,
Dit qu'il fut faict autrement,
  Ment, ment, ment :
C'est blasphème trop sévère
Contre divin jugement.

Miséricorde a fillé
La prison de purgatoire
Dont la grâce a distillé,
De l'éternel consistoire,
Pénitence méritoire :
Tout sauver elle prétend,
      Tend, tend, tend,
Puis Dieu, nay prince de gloire,
Qui aller à luy s'attend.

Prions le Pére & l'Enfant
Et le Sainct-Esprit ensemble,
Un seul Dieu sur tous vivant
Qui à aultre ne ressemble,
Que son Église rassemble,
Tenant la foy & le point
      Sainct, sainct, sainct,
Chassant l'antéchrist qui semble
Par dehors & qui n'est point.

XXXV.

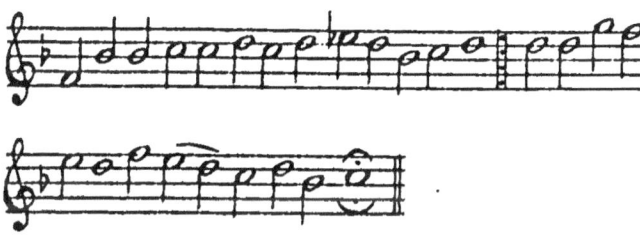

Par ta grande clémence,
Seigneur qui viens des cieux,
Donnes nous cognoissance
De ton nom précieux,
Afin de te louer
De cœur ferme & entier.

De ta mère, féconde
Sans nul atouchement
D'homme qui fust au monde,
Dy nous l'enfantement
Et comme tu fus fils
De celle que tu feis.

Sans toy la hardiesse
Nous ne pourions avoir
D'entendre la haultesse
De ton divin pouvoir :
Tes faicts haults & puissans
Outrepassent nos sens.

En un moment la terre
Toutte tu fais trembler,
Puis l'effroy d'une guerre
Vient nos esprits troubler,
Tant qu'il n'y a recours
Sinon qu'en ton secours.

Quand tu veux, la tempeste
Nous estonne si fort
Que dessus nostre teste
N'atendons que la mort :
Bref, il n'y a si seur
Qu'il ne tremble de peur.

Mais aussy, au contraire,
Quand ta divinité
Et bonté coustumiere
Nous veut donner clarté,
Nul n'est tant désolé
Qu'il ne soit consolé.

N'as-tu, au premier aage,
Aiant des tiens mercy,
D'âme englouty la rage
Du tiran endurcy
Qui eust pour son tombeau
De la mer rouge l'eau ?

Puis au désert, sans cure,
De la manne du ciel
Leur donnas nouriture
Plus douce que miel,
Jusqu'au jour que Sion
Fut leur possession.

Lors, en vers & cantiques,
De mille plaisans sons
Leurs esprits prophétiques
Accordoient leurs chansons,
En prédisant l'honneur
De leur maistre & seigneur.

L'un chantoit la naissance
De ton humilité,
Un autre l'excellence
De ta divinité :
Leurs escrits n'estoient faicts
Sinon que de tes faicts.

Entre autres plus fidelle,
Isaye a escrit
De l'heureuse pucelle
Qui vierge enfantit,
Prévoiant de Sion
L'heurée salvation.

Or sus doncques, fidelles,
Sus, sus, divins esprits,
Dites chansons nouvelles
A ce Roy de hault pris,
Chantons que Dieu est nay
Comme il a ordonné.

Chantons gloire & louanges
A ce prince éternel,
Chantons avecques l'ange
Noël, Noël, Noël,
Chantons gloire sans fin
A ce noble daulphin.

Suivons la compagnie
Des jolys pastoureaux
Qui de gaye armonie
Font danser leurs troupeaux,
Reprenons leurs chansons,
Plus ailleurs ne pensons.

Avecques ces trois princes
Qui, meus de grand sçavoir,
De loingtaines provinces
Vindrent si grand Roy voir,
Offrons a sa grandeur
Nos biens & nostre cœur.

En grand resjouissance,
Chantons la majesté
Et sublime puissance
De ceste déité,
Chassons larmes & pleurs,
Admirons ses haulteurs.

Bethléem, ville saincte,
O ville de grand nom,
Tu ne doibs avoir crainte
De perdre ton renom :
En toy est nay le Roy
Rédempteur de la loy.

En toy vierge pucelle,
En noble pauvreté,
De toutte la nature
A l'autheur enfanté :
Tu seras désormais
Louée a tout jamais.

Mais ores plus heureuse
Sy tu eusses cogneu
La Vierge précieuse
Et son fils soustenu :
Ne veys tu celle nuit
Estre jour à minuit ?

O aveugle Judée,
O pauvre nation,
Par trop longtemps fondée
En faulse opinion,
Que n'as tu apperceu
Que la Vierge a conceu ?

Mais, plus que tôy rebelle,
Hérétique effrenay,
Pourquoy ne loues-tu celle
De qui ton Dieu est nay ?
Erreur te monstre bien
Que ta loy ne vault rien.

En despit de la rage
De tes faulses raisons,
Nous lui ferons hommages
De nos vers & chansons,
Et tant plus en diras,
Plus loué tu l'auras.

Doncques, Vierge impollue,
Vierge, nostre confort,
Vierge des vierges esleue,
Vierge, notre support,
Vierge des vierges l'heur
Et des vierges la fleur,

Vierge en qui Dieu le père
A mis un grand pouvoir,
Vierge sans impropère,
Vierge en faict & vouloir,
Vierge qui as submis,
Avons nos ennemis.

Par ta bonté pudique,
Fays nous ceste faveur
D'offrir nostre cantique
Au Père du Sauveur
Et aussy à ce Roy
Qui est issu de toy.

Impétrons par sa grâce
Envers sa majesté
Que nous voions sa face
Et sa divinité,
Et royaume promis
A tous nos bons amis.

XXXVI.

LE ROY BOIT, LE ROY BOIT, LE ROY BOIT.

Quand Dieu but premiérement,
Ce fut du laict de la Vierge,
Qui l'alaicta doucement
Comme sa mére consierge ;
Dites moy d'ou vient ce laict :
De paradis descendoit.
Cecy fut par art divin faict,
Aussy estoit-il tout parfaict.
Le Roy boit !

Filles de Jérusalem,
Vous qui allez à l'offrande,
Maintenant que dira l'en ?
Pour Dieu, veillez y entendre.
Offrir faut, quoy qu'il en soit,
Son âme à Dieu qui tout sçait :
Cecy fut par art divin faict,
Aussy estoit-il tout parfaict.
Le Roy boit !

Ce que portes maintenant
A l'autel, devant le prêtre,
Doit monstrer mistiquement
Des trois roys l'estat honneste.
Vers Dieu portèrent présent
Or, myrrh & encens parfaict :
Cecy fut par art divin faict,
Aussy estoit-il tout parfaict.
       Le Roy boit !

Aux nopces d'architriclin,
Jésus-Christ feist bonne chère ;
Il mua l'eau en vin
Et si ne lui cousta guère :
Il sçavait bien qu'il faisoit,
Son père lui aprenoit.
Cecy fut par art divin faict,
Aussy estoit-il tout parfaict.
       Le Roy boit !

S'il a beu, c'est pour l'amour
De sa sœur, nature humaine,
Qui démenait grand clameur
En prison de douleur plaine ;
Son amoureux se monstroit,

Pour elle mourir vouloit :
Cecy fut par art divin faict,
Aussy estoit-il tout parfaict.
　　　　Le Roy boit !

Encor le jour d'aujourd'huy
Nous monstre signifiance
Que Baptiste fut celuy
Qui n'en avoit indigence ;
Le Sainct-Esprit y ouvroit,
Sur le fleuve descendoit :
Cecy fut par art divin faict,
Aussy estoit-il tout parfaict.
　　　　Le Roy boit !

Adonc, Jésus fut couvert
D'une coulombine blanche,
Son père lui a ouvert
Les cieux d'une voix franche :
« Voilà mon enfant doulcet. »
Il sembloit que tout tournoit !
Cecy fut par art divin faict,
Aussi estoit-il tout parfait.
　　　　Le Roy boit !

Prions le Roy du firmament
Qui en son paradis céleste
Nous donne à tous sauvement
A tousjours jamais sans cesse,
Que puissions de cœur effect
Chanter ensemble le Roy boit :
Cecy fut par art divin faict,
Aussy estoit-il tout parfait.
        Le Roy boit !

XXXVII.

NOEL NOUVEAU

SUR LE CHANT DE LA CHANSON DU S^r DE LA VIETTE.

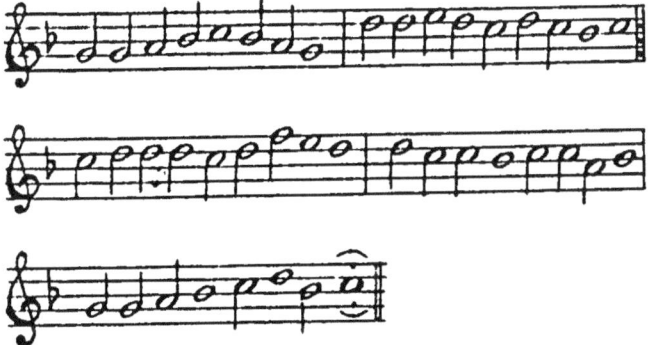

Resjouys-toy, cœur douloureux,
Et délaisse deuil & tristesse,
Car voicy le temps gracieux
Qui t'apporte joye & liesse ;
Voicy le fleuron de noblesse
Qui oste rancune & discord :
Luthériens, vous avez tort.

La fleur de quoy il est escrit
Par le prophète Hiérémye,
Au jourd'huy a produit le fruict
Qui donne au genre humain la vie ;
La fleur est appelée Marie,
La dame de tout réconfort :
Luthériens, vous avez tort.

C'est la fleur que l'Emmanuel
Sur touttes autres a esleue,
Car sans péché originel
A esté la Vierge conceue ;
Telle fleur oncques ne fut veue,
L'odeur en donne à tous confort :
Luthériens, vous avez tort.

Devant que nous fussions créés,
En paradis si fut nourie ;

Les pécheurs en sont récréés,
Ains que de Jessé fust saillie
La pucelle d'honneur Marie,
Des devoirs elle est le support :
Luthériens, vous avez tort.

Elle est fille du Dieu des dieux
Qui l'a de toutte grâce emplie ;
Le prix emporté soubs les cieux
Enfanté fut sans villenie.
Le Sainct-Esprit en feist sa mie
Pour donner aux tristes confort :
Luthériens, vous avez tort.

Opiniastres sans raison,
D'où procède vostre hérésie ?
Où prenez vous occasion
D'abolir le nom de Marie ?
Vostre erreur, vostre fantasie
Mettent plusieurs à déconfort :
Luthériens, vous avez tort.

Prémédités, faux, mesdisans
De la fleur & magnificence,
Les mortels vivoient languissants,
De sancté n'avoient espérance,

Mais la fleur de resjouissance
Leur a produit fleur & confort :
Luthériens, vous avez tort.

Par l'odeur du fruict triomphant,
Fruict de bonté, fruict d'excellence,
Est aboly le faux serpent
Auquel devons obéissance ;
Adam nous meist en grand souffrance
Quand condamnés fusmes à mort :
Luthériens, vous avez tort.

Le fruict tant odoriférant,
C'est l'innocent fruict de Marie
Qui naistre voulut pauvrement
Pour nos péchés en Béthanie ;
C'est celuy qui chasse hérésie,
Qui nous conduit à reconfort :
Luthériens, vous avez tort.

Pour nous monstrer appertement
Qu'il nous aymoit sans forfaicture,
A voulu naistre pauvrement
Pour sauver humaine nature ;
Démonstré nous fut par figure
Que pour nous seroit mis à mort :
Luthériens, vous avez tort.

Aux apôtres mistiquement,
Par sa vraye bonté supernelle,
Ordonna le sainct sacrement
En leur imposant loy nouvelle ;
Vous & vostre fausse séquelle
L'avez cuidé jouer au sort :
Luthériens, vous avez tort.

Mais dites, n'est-ce pas celuy
Qui mourut, en pure innocence,
Pour nos péchés ? Hélas ! ouy,
N'en faictes aucune doutance,
C'est nostre foy, nostre espérance
Et nostre salutaire port :
Luthériens, vous avez tort.

Délaissez ceste abusion
Et cognoissez le vray Messie,
Puis des biens aurons à foison
Et plus n'aurons mélencolye.
La maudite faulse hérésye
Est cause de tout déconfort :
Luthériens, vous avez tort.

Pour ce donc, bourgeois de Verneuil,
Puisque le temps se renouvelle,
Suppliez l'enfant, de bon cœur,
Qui laissa sa mére pucelle,

Que, par sa bonté supernelle,
Aprés tristesse ayons confort :
Luthériens, vous avez tort.

Pour la fin, chantons tous Noël,
Noël, Noël par excellence,
Car Noël c'est l'Emmanuel
Qui apporte resjouissance ;
Encore aurons bon temps en France,
Et verrons les princes d'accord :
Luthériens, vous avez tort.

XXXVIII.

CANTIQUE DE NOEL,

EN FORME DE DIALOGUE.

Sur le chant : *Or voy-je bien qu'il faut vivre en servage.*

ADAM *commence.*

Seray-je encor longtemps en ce servage,
Mon Dieu, mon créateur,
Non point moy seul, mais tout humain lignage
Qui vit en grand langueur,

Dans ces abismes,
De douleurs plaines,
Attendant l'heure
Qui, sans demeure,
Ton pauvre Adam tire de son malheur ?

EVE.

Las, qu'avez-vous, mon cher seigneur & maitre,
A plorer & gémir ?
Dolente suis de vous voir en cest estre
Tant de douleur souffrir :
Sans nostre offense,
Comme je pense,
Feussions arriére,
En la lumiére,
Lassus au ciel en soulas & plaisir.

ADAM.

Qui en est cause, hélas, chére compagne,
Sinon la liberté
Et gloult désir dont regret m'acompagne
En ce lieu arresté
Plain de ténébres
Et dueil funébres,
Privés de grâce
Et de la face
Du créateur, dont trop suis irrité ?

EVE.

Ce n'est pas moy qui est cause première
De nostre damnement,
C'est le serpent qui, par belle manière,
Me tenta finement,
Disant, en somme,
Mangeant la pomme,
Qui cher nous couste,
Serions sans doubte
Semblables à Dieu lassus au firmament.

ADAM.

O faux serpent, ô langue menteresse,
O maudit animal,
Ton beau babil & pensée tromperesse
Nous cause tout ce mal !
Vray Roy de gloire,
Aye en mémoire
Tà créature
Qùi tant endure,
Puis cinq mil ans en ce lieu infernal.

DIEU *le Créateur*.

Tays-toy, Adam, & prens réjouissance,
Voicy le temps préfix

Que mon enfant doibt prendre sa naissance
Pour estre crucifix :
Par sa mort dure,
Ta géniture
Sera sauvée
Et eslevée
En paradis ainsy que l'ay promis.

ADAM.

Grâces vous rends, mon créateur céleste,
Du bien tant attendu !
Sus donc, enfans, que chacun se délecte,
D'un ton bien entendu,
Chanter cantique,
Avec musique :
Nous avons grâce,
En ceste place,
Par Jésus-Christ en la † estendu.

XXXIX.

Tant que vivray en aage florissant,
Je serviray d'amour le Dieu puissant,

En faicts, en dits, en chansons & accords.
Noël chantons pour le Dieu tout-puissant
Qui est sur nous le vray Dieu triomphant
Pour tous pécheurs doux & miséricords.
       Mais qu'on le clame
       Et le réclame,
       De cœur entier,
       Soy nettoier
       De vice & blasme,
       Prier la dame
Marie pour nous vouloir ayder.

Ceste nuittée, en un lieu mal plaisant,
Est acouchée Marie de son enfant,
En Bethléem, entre l'asne & le bœuf,
Où de tous points le vent alloit soufflant.
Chacun de froid alloit les dents tremblant,
Et n'y avoit celuy qui n'eust un œuf
       Pour la pucelle,
       Mère & ancelle,
       Réconforter
       Et supporter
       De cœur préfix
       Son très cher fils
Qui du monde est maistre & seigneur.

Pasteurs, allez vistement, sur les champs
Laissez vos bestes & vos moutons paissans,
Et courez tous voir le Roy nouvelet ;
Sonnez, bussines & chalumeaux plaisans,
Flustes & harpes, en maints & divers chants :
Que chacun die sa chanson, son couplet.

>   Chacun s'avance,
>   Que chacun danse,
>   Berger courtois,
>   Prends ton haultboys
>   Et ta musette,
>   Chacun s'appreste
>   D'aller voir le doux Roy des roys.

En Bethléem tout droit s'en sont venus,
Là ont trouvé Marie, Joseph. Jésus ;
En une crèche chacun l'a adoré,
Les ungs chantoient *Te Deum laudamus,*
Ou le cantique saint, *Benedictus*
Deus Israël, haultement ont aoré.

>   Toutte Judée
>   Et Galilée
>   Mènent esbats
>   Et font sabats
>   Pour telle naissance :
>   Or doncques, France,
>   Et Chrestienté prens soulas.

Trois nobles roys des parties d'orient
Ont apporté présens infiniment ;
Par l'estoille qui les va conduisant
Tout droit au lieu ou estoit proprement
Le doux Jésus & sa mére vrayment,
Ont adoré du cœur joyeusement.
   Hérode enrage
   De fier courage,
   Leur dit : « allez
   Et revenez ; »
   Comme hors du sens,
   Feist innocents
  Mourir plus de quatre milliers.

Peuple François, prions tous humblement
Le Roy des roys, le Dieu omnipotent,
Qu'il nous doint paix & à la fin pardon,
Nos ennemys vaincus apertement,
Et nos amys tenir ensemblement,
Ces usuriers confondre & abismer
   Qui la pitance,
   Par toutte France,
   Et la charté
   De vins & bleds
   Font sans police :
   Dieu les maudice
  S'ils ne se veullent amender.

XL.

NOEL NOUVEAU

COMPOSÉ PAR LEDIT SIEUR VERDIER.

Une estoille naist aux cieux,
Pour nous faire cognoistre
Combien doivent ces bas lieux
De ce jour soigneux estre :
Et toy seul, pauvre pécheur,
Tu n'offres à Dieu ton cœur ?

Errantes parmy les bois
Laissant leurs brebis paistre,
Les bergers suivent la voix
Disant où Dieu doibt naistre :
Et toy seul, pauvre pécheur, &ᵃ.

Ralliés à un instant
Furent tous les trois Mages,
Chacun son présent portant
Pour faire leurs hommages :
Et toy seul, pauvre pécheur, &ᵃ.

Des cieux le Dieu tout-puissant
A envoié ses anges
Adorer son fils naissant
Et chanter ses louanges :
Et toy seul, pauvre pécheur, &ª.

Joseph, remply de pitié,
Jesus né en la creiche
Pry avoir de luy pitié,
En sa vieillesse seiche :
Et toy seul, pauvre pécheur, &ª.

En l'estincelante nuit,
La Vierge faict prière
Au sainct fruit qu'elle a produit
Estant chaste & entière :
Et toy seul, pauvre pécheur, &ª.

Racheptés sont des enfers,
De la cruelle voye,
Les hommes, dont, en ces vers,
De cecy mènent joye :
Et toy seul, pauvre pécheur,
Tu n'offres à Dieu ton cœur ?

XLI.

CHANSON DE NOEL,

NON NOUVELLE, MAIS FORT ANTIENNE.

Au son de nos musettes,
Disons chansonnettes,
Soufflons en nos flageollets,
En nos haultboys,
Sonnons de nos trompettes
Des champs les retraictes,
En gardant nos aignelets.

La haulte majesté
Du triumphant empire,
Pour oster le péché
D'Adam qui nous empire,
M'a commandé vous dire
Que de la déité
Le fils Dieu, nostre sire,
A prins humanité.
Au son de nos musettes, &ª.

Par dessus nos haultboys,
Par dessus nos trompettes,

J'ay entendu la voix
Du messager céleste
Qui nous a manifeste
La venue du Sauveur :
Allons lui faire feste,
Allons lui faire honneur.
Au son de nos musettes, &ª.

Je suis tout estonné
De la voix que j'ay ouye,
Comme s'il eust tonné
M'a estourdy l'ouie ;
L'alène m'est faillie,
Mais l'ange que j'ay veu
M'a la voix resjouye
Et mon bon sens rendu.
Au son de nos musettes, &ª.

Laissons là nos trouppeaux
D'aigneaux sur la prairie,
Prenons de nos joyaux
Les plus beaux pour Marie,
Pendons nostre armoirie
Au bout de nos bastons,
Allons en Béthanie,
L'enfant y trouverons.
Au son de nos musettes, &ª.

. Gloire, louange, honneur
Soit à l'enfant unique
Qui, de grâce & honneur
Divine & magnifique,
Son hault vouloir s'applique
A nous faire du bien :
Je luy donne ma bique
Et mon beau petit chien.
Au son de nos musettes, &ᵃ.

Je luy donne mon cœur,
Mon âme & ma substance,
Je luy donne, sans peur,
De mes biens jouissance,
Affin qu'en sa naissance
Il ait de moi pitié :
Luy qui est ma fiance,
Me doint son amitié.
Au son de nos musettes, &ᵃ

Petit enfant naulet,
Recevez mon hommage,
Voicy mon flageollet,
Du laict et du formage ;
Cela sert en mesnage
Pour vous allimenter :
Voiez si mon courage
Vous peut bien contenter.
Au son de nos musettes, &ᵃ

Voicy le plus beau faict
Qui fut jamais au monde,
De voir homme parfaict
De Vierge pure et munde :
A lui tout fort abonde
D'excellente beauté,
Que mon dire se fonde
Que c'est la déité.
Au son de nos musettes &ᵃ

Noble roy glorieux,
Qui tous les humains passe,
Regarde nous des yeux
De ta divine face,
Donne nous telle espace
De nos péchés plorer,
Que nous puissions ta face
Aux saincts cieux adorer.
Au son de nos musettes &ᵃ

XLII.

Bergers & bergéres,
Gardans nos moutons,

Par gaye manière,
Noël nous chantons.
Dy hault, Robinet,
Fais-tu bonne chère ?
Et toy, Colinet,
Avec ta pasquière,
Voys-tu la lumière,
Comme ardans buissons,
Qui ceste nuittée
Faisoit chants & sons ?
   Bergers & bergères, &ᵃ

L'ange qui voloit
Devant & derrière,
Si bien gringotoit
De sa doulce gorgère,
Qu'elle estoit gorrière
Icelle chanson ;
L'ange les réveille
De bonne façon.
   Bergers & bergères, &ᵃ

Quand j'ouys son chant,
Las ! je fus tant ayse ;
J'acouroys saultant
Comme nostre chièvre,
J'eusse prins un lièvre,

Tant fort je courois,
Mon chappeau de feurre
Cheut amy les bois.
    Bergers & bergéres, &ᵃ

Jehan Godard chantoit
Avecques Deschesnes,
Et Savare accordoit
D'une façon haultaine,
Pierre Moussard sa bande
Avec Balison :
Chacun faict offrande,
Jubilation.
    Bergers & bergéres, &ᵃ

Là survint Pappin
Qui faisoit merveilles,
Et, soir & matin,
Chose non pareille,
Guymon s'apareille,
Jouant si parfond :
La couleur vermeille
En vint à leurs frons.
    Bergers et bergéres, &ᵃ

Chacun escoutoit
Ceste mélodie,

Dieu sçait qu'on saultoit
En menant grand vie :
J'avois la pépie
A mes gorgerons
Quand je prins la pluye
Des jolys flacons.
    Bergers & bergères, &ᵃ

Quand fusmes venus
En la maisonnette,
Chacun print son luth,
Disant chansonnette :
La dame se haitte
Quand la saluons,
De telle discrette,
Comme nous faisons.
    Bergers & bergères, &ᵃ

L'enfant regardoit
Ceste fantaisie,
Chacun lui faisoit
Quelque courtoisie :
Chappeaux de férie
Et rouges boutons,
Par chère jolie,
Nous lui présentons.
    Bergers & bergères, &ᵃ

Un Normand y vint
Avec ses grands galoches,
Un convive feist
De pesson & de loches,
Des harens en broches,
Des godelurons,
Et du bois des roches
Faisoit gros charbons.
    Bergers & bergères, &ᵃ

Quand eusmes assez
Mené la trudaine,
Nous fusmes lassés
Plus que de sepmaine;
Sans que Robinet mène,
Le chemin prenons :
Dame souveraine,
De vous nous tenons.

Bergers et bergères,
Gardans nos moutons,
Par gaye manière
Noël nous chantons.

XLIII.

NOEL FORT ANTIEN.

(1597).

Chanton Noël, dame aurore blanchist,
S'escourtissant pour montrer sa valeur;
D'orient vient Phœbus qui enrichist
Terre et cieux par vertu & lueur :
Jadis Phœton, envieux sur l'honneur
De son père, fut deceu de son temps,
Car il cheut mort, succombé de chaleur :
Ainsy print-il à nos premiers parens.

Tout fut perdu quand l'arche de Noë
Dessus les monts d'Armenye s'arresta,
Et qu'Abraham, patriarche loué,
Veid trois enfans, dont l'un en adora.
N'a pas longtemps que, pensant en cela,
Dormir survint que les yeux me clouyt,
Et, en dormant, fantaisie m'esveilla
Certain songe qui fort me resjouit.

Advis m'estoit que David, le premier
Chef des royaux, combatoit un géant,
Et puis après qu'il faisoit un psaultier
De cent cinquante psaulmes contenant,
Puis il estoit d'une harpe touchant
Si doucement que, quànd écho l'ouyt,
La belle vint dessus doubler son chant
Mélodieux par quoi Saül guarist.

Apres cela, Jehan Baptiste je veys
En un désert, démonstrant o le doigt
Son aignelet, en publiant son cry
Du baptesme de la nouvelle loy,
Puis veys saint Luc, scribe de nostre foy,
Qui par parolles patentes avoit escrit
L'ambassade qu'avoit faicte le roy,
Pourquoi Marie fut mère à Jésus-Christ.

Après je veys le sage Salomon
Qui faisoit dits souverainement beaux :
Il rescrivoit aux filles de Sion
Paraboles et cantiques nouveaux;
Il devisoit les tours et les carneaux
De son temple que tant il annoblist :
Tant riche estoit que pour voir les portaux
La princesse de Saba s'esbahit.

Tantost après, anges j'ouy chanter :
Ce me sembloit un chant mélodieux ;
Aussy trois roys, ausquels veys apporter
Entre leurs mains trois beaux dons précieux.
Romains passoient, pasteurs estoient joyeux,
Et les arbres rendoient feilles et fruicts :
Bref, il advint un cas si merveilleux
Comme quand Dieu de la Vierge nasquit.

Et puis après me treuvé esveillé,
Si très joyeux que je m'eusse sceu plus,
Et fus sur ce de grands clercs conseillé,
Lesquels furent en un point résolus,
C'est asçavoir que nous estions perdus
Si la verge de Jessé n'eust produit
Le doux Jésus descendu de lassus :
Benedictus igitur qui venit.

XLIV.

NOEL

Sur l'air   *Ah! que la paresseuse automne......*

Du tems que l'empereur Auguste,
Régnant en ce bas univers,

Voulut avoir le compte au juste
Du peuple et de ses noms divers,
Joseph, époux de la Vierge mère,
Et sorti du sang de David,
Vint à la ville de son père
A dessein qu'on l'y écrivit.

Mais sitôt que la Vierge sainte
Fut arrivée dedans ce lieu,
L'enfant dont elle étoit enceinte,
Qui étoit le vrai fils de Dieu,
Voulut alors prendre naissance,
Malgré le froid de la saison,
Prêchant déjà la pénitence :
Une crèche fut sa maison.

On eût vu le Sauveur du monde
Au milieu de la pauvreté,
Lui par qui le tonnerre gronde,
Faire leçon d'humilité :
Pendant que l'or, la pourpre même
Environne un prince mortel,
Un lange sert de diadème
Au fils du monarque éternel.

Les bergers de cette contrée,
Veillant leurs troupeaux tour à tour,
Virent, même sous la feuillée,
La nuit plus claire que le jour ;
Au milieu de cette lumière,
Apparut l'ange du Seigneur,
Disant d'une douce manière :
Bergers n'ayez point tant de peur !

Je vous annonce une nouvelle
Qui doit le monde consoler,
C'est qu'une puissance immortelle
Vient de naître pour le sauver :
C'est le Seigneur, c'est le Messie
Tant désiré des nations ;
Il accomplit la prophétie,
Rendez lui vos soumissions.

Courrez, que rien ne vous empêche,
Dans Bethléem, lieu fortuné,
Vous trouverez dans une crèche
L'enfant de langes environné.
Voyez sa bonté souveraine :
Dieu se fait homme comme vous ;
Epousant la nature humaine,
Il vous fait heureux comme nous.

Sitôt la parole finie,
Ils virent, au plus haut des airs,
Une céleste compagnie
Chantant ces mélodieux concerts :
Gloire, dans les lieux où nous sommes,
A son immense majesté,
Et paix en terre à tous les hommes
Qui sont de bonne volonté.

XLV.

De franc vouloir, nous chanterons d'icelle,
  Entière & belle,
En qui Jésus a prins humanité
Et qui demeure, en sa virginité,
Mère de Dieu, très humble jouvencelle,
  Entière & belle.

De tous les cieulx le thrésor est en elle,
  Entière et belle,
C'est celle-là que la divinité,
C'est assçavoir la saincte Trinité,
S'est alliée en amour naturelle,
  Entière & belle.

Le divin faict, c'est chose bien nouvelle,
      Entiére & belle,
Par maint prophéte il avoit dit esté,
Ce que depuis a été récité
Par Gabriel lui portant la nouvelle
      Entiére & belle.

Ave, lui dyst, pas ne fault que te celle,
      Entiére & belle,
Le fils de Dieu ci vint en unité,
Pour te donner nom de maternité,
Te faisant mére, & puis aprés pucelle
      Entiére & belle.

Mére de Dieu, je te puis dire telle,
      Entiére & belle.
Dedans neuf mois tu auras enfanté
Dieu mon sauveur, de ton laict allaicté,
Trés humblement de ta propre mamelle
      Entiére & belle.

Je suis, dit-elle, de luy trés humble ancelle,
      Entiére & belle,
Soit faict ainsy, puisque l'as décrété,
Soit ainsy faict que m'as interprété,
Selon les mots que ta bouche révéle
      Entiére & belle.

Un peu après, sa cousine charnelle,
            Entière & belle,
Elisabeth soudain a visité :
Alors sainct Jehan s'est au ventre exité,
Dont elle en eut joye spirituelle,
            Entière & belle.

Or est le jour & feste solennelle
            Entière & belle,
Le jour heureux de sa nativité :
Ce jour nous met hors de captivité
Et nous promet à tous gloire éternelle,
            Entière & belle.

D'où vient cela, que l'essence immortelle,
            Entière & belle,
Veult aujourdhuy prendre mortalité?
C'est pour porter de tous l'iniquité
En une croix mise sur son aisselle
            Entière & belle.

Gentils pasteurs, gentille pastourelle
            Entière & belle,
Que cest enfant soit par nous visité,
De nos gasteaux aussi soit invité :
Dansez, chantez et sautez de plus belle,
            Entière & belle.

Prions trestous celle-là qui précelle,
Entiére & belle,
Les faicts de Dieu en plaine équité,
Qu'aions la paix, puis la divinité,
Avec son fils en la gloire éternelle,
Entiére & belle.

XLVI.

NOEL FORT ANTIEN.

Sur le chant : *Infidelle pernitieux.*

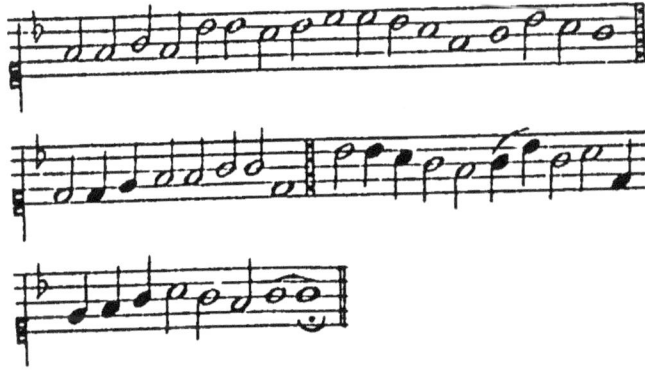

En Bethléem, ville de nom,
Cité de Jésus nostre sire,
Fut par la Vierge de renom
Accomply la vraie prophétie
Du noble prophète Hélye
Devant le temps prophétisé :
Parquoy chantons, je vous supplie,
Chantons à haulte voix Noël.

Sur terre est venu Gabriel,
En chantant d'une voix série,
Disant : « Voicy l'Emmanuel
Qui vient descendre en toy, Marie. »
Oyant ceste parole digne,
Luy répondit courtoisement :
« Je suis sa chambrière indigne. »
Chantons Noël joieusement.

A ceste voix d'humilité,
Conceut la Vierge nette et pure
Le fils de Dieu en déité ;
Vierge est demeurée sans fracture :
Le Sainct-Esprit cy lui procure.
Ainsi faut croire fermement
De ceste saincte géniture :
Chantons Noël joieusement.

O père Adam, resjouy-toy,
L'ennemy ne t'est plus contraire,
Car aujourd'huy est né le roy
Qui peut enfer rompre & deffaire ;
Car il sçait bien qu'il a à faire,
En ce n'auras-tu ouvrement.
Puis donc qu'il conduit tel affaire,
Chantons Noël joieusement.

Hélas ! humains, voiez comment
Nostre père estoit en souffrance :
A souffert grand deuil et tourment
Pour son infâme violence ;
Mais Jésus-Christ a faict vengeance,
S'est mis en croix pour le paiement.
Or, plus ne soions en doubtance,
Chantons Noël joieusement.

Mettons tout nostre entendement
A louer Jésus & Marie,
Affin qu'à nostre finement
L'ennemy sur nous ne s'applique,
Que puissions, en sa déifique,
L'adorer éternellement :
Or, tous, d'une voix attentique,
Chantons Noël joieusement.

XLVII.

NOEL NOUVEAU.

Sur le chant : *D'une jeune fillette dormant en un jardin.*

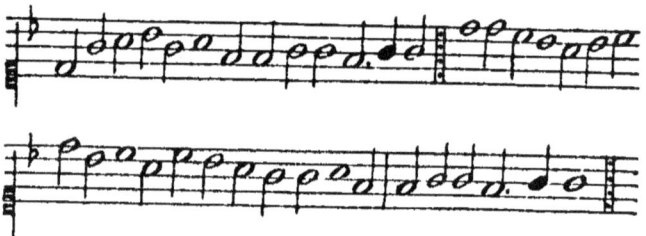

Fuyons toute hérésie,
Dieu nous l'a ordonné,
Allons voir en liesse
Le sauveur qui est nay.
Il est nasqui ceste saincte nuictée :
O heureuse portée
Du roy tant triumphant !
Toutte la nuit,
Les pasteurs de Judée
Ont faict une assemblée
Pour venir voir l'enfant.

Ce sainct sacré mistére
Faict par la Trinité
Dieu n'a point voulu taire,
Mais soubs l'obscurité,
L'a fait escrire en l'histoire sacrée
Qui nostre esprit récrée
Pour un bienfaict si grand.
Toutte la nuit
Les pasteurs de Judée
Ont faict une assemblée
Pour venir voir l'enfant.

La figure est passée,
Voicy la vérité,
Nostre offense est cassée,
Jésus l'a mérité
Quand sur son dos sa croix il a porté,
En doulleur augmentée,
De franc vouloir souffrant.
Toutte la nuit,
Les pasteurs de Judée,
Ont faict une assemblée
Pour venir voir l'enfant.

Marie bien heurée,
Fleur de virginité,

Sans en estre empirée,
Son fils a enfanté :
O saincte nuit, tant claire & désirée,
Ta beauté soit prisée
Tousjours & maintenant.
Toutte la nuit,
Les pasteurs de Judée
Ont faict une assemblée
Pour venir voir l'enfant.

Laissons toutte tristesse,
Et, en joyeuseté,
Allons voir en liesse
Cest enfant qui est nay.
Ne tardons plus, ne craignons la gelée :
Chacun au mieux courant,
La bande y est allée.
Toutte la nuit,
Les pasteurs de Judée
Ont faict une assemblée
Pour venir voir l'enfant.

Voiez-vous la nouvelle,
Le chant & vérité,
Que l'ange nous révéle,
De par la déité,
Que le sauveur est nay ceste nuictée,

Nuictée tant aimée,
Pour nous s'humiliant.
Toutte la nuit,
Les pasteurs de Judée
Ont faict une assemblée
Pour venir voir l'enfant.

D'orient une estoille
A rendu sa clarté
Estincellante & belle,
De grande agilité :
En Bethléem elle s'est démonstrée,
Et en ceste contrée
Trois rois la vont suivant.
Toutte la nuit,
Les pasteurs de Judée
Ont faict une assemblée
Pour venir voir l'enfant.

Suivons donc la noblesse
De grand auctorité,
Suivons en allégresse
Ses bergers de gaieté,
Et à Jésus, par grâce dispensée,
Offrons nostre pensée
D'un cœur humble adorant.

Toutte la nuit,
Les pasteurs de Judée
Ont faict une assemblée
Pour aller voir l'enfant.

XLVIII.

NOEL NOUVEAU

DE LA NATIVITÉ DE NOTRE SEIGNEUR,
COMPOSÉ EN L'ANNÉE 1566, PAR ROBERT GODEBILLE.

Et se chante en deux parties sur un chant nouveau.

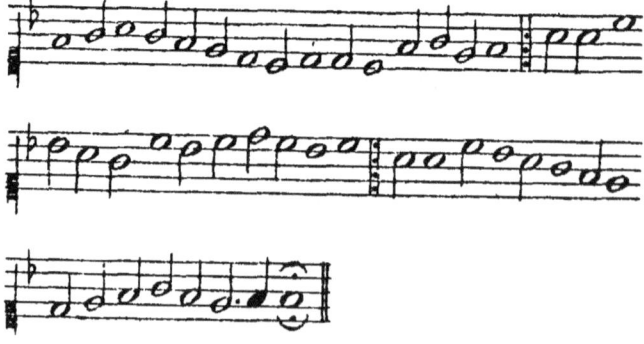

Gaudissons et menons joye,
Ostons tristesse & esmoy :
D'enfer est close la voye
Et d'Adam mortelle loy.
Bon faict considérer
Incessamment à l'homme
L'heur qui vient l'assurer
Luy quitter si grand somme,
Et vuider des prisons
      Grisons,
      Quittant
Où estes attendans.

Les cieux aux humains racontent
La grande gloire de Dieu,
Les anges aux bergers nuncent
Bethléem estre le lieu
Où est nay le pasteur
De l'église & noblesse,
De l'univers autheur,
Près le bœuf & l'ânesse,
En grand humilité
      Traicté
      Ce grand
Qui sur tous est puissant.

Indicible sapience
Signiffiant en ces bas lieux,
De la Vierge a prins naissance,
Rendant les humains heureux.
Satan défectueux
N'a point entendu comme
Ce faict tant somptueux,
Que Dieu se soit faict homme
Son astuce n'a sceu :
       Déceu
       Il est,
Par un divin arrest.

Chantons sur nos espinettes
A ce grand roi non pareil,
En nos consciences nettes
Faisons lui bon apareil :
Avecques Salomon,
Construisons luy un temple;
Le bon sainct Siméon
Nous sera pour exemple,
Pour là le recevoir,
       Et voir,
       Par foy,
Le recteur de la loy.

David dans la bergerie
Veit le lion furieux
La gardant d'estre périe,
Rompit sa machouire en deux.
Voicy le vray berger
Qui du lion sauvage,
Nous ostant du danger,
A dompté le courage,
Dont, en notre pouvoir,
En l'air
Faisons
Retentir nos chansons.

César, empereur de Rome,
Du monde victorieux,
Le Sénat voulut, en somme,
L'obséquer avec leurs dieux.
Au Capitole estant,
Une voix luy révelle
Le fils du Dieu vivant
Qui naistra de pucelle :
Celuy sera sur toy
Hault roy
Régnant,
Ton pouvoir surpassant.

Lors, sibille prophétique
Monstra, par divin conseil,
Un cercle d'or magnifique
Environnant le soleil,
Dans lequel se séoit
La Vierge immaculée ;
Entre ses bras tenoit
Son heureuse portée :
César l'a adoré,
  Aoré,
   Au lieu
Feist un autel à Dieu.

Toutte idolle égiptienne
Fut conculquée de tous points,
Lors fut la claire fontaine
Défluant huile aux Romains ;
Trois soleils lumineux,
Réduits en une essence,
Font cognoistre des cieux
La Trinité immense
Nous donner aujourd'huy
  Cestuy
  Duquel
Le nom est immortel.

Qui seroit tant téméraire
En réservant la grandeur
De l'enfant & de la mère
Qui porta le rédempteur?
En ce palais d'honneur
Entra, la porte close,
Cil, de tous biens l'honneur,
Où neuf mois il repose,
Pour sauver les humains
       Ès mains
       Tombés
De Satan, succombés.

Mère de miséricorde
En qui Dieu prend son plaisir,
Mère de paix & concorde,
Reçoys mon humble désir.
O la porte du ciel,
Illuminante estoille,
Temple perpétuel,
Prends pour nous la querelle :
Tabernacle sacré,
       A gré
       Nous prends,
Tu nous rendras contens.

XLIX.

NOEL FORT ANTIEN

FAICT A LA LOUANGE DE LA NATIVITÉ DE NOTRE SEIGNEUR.

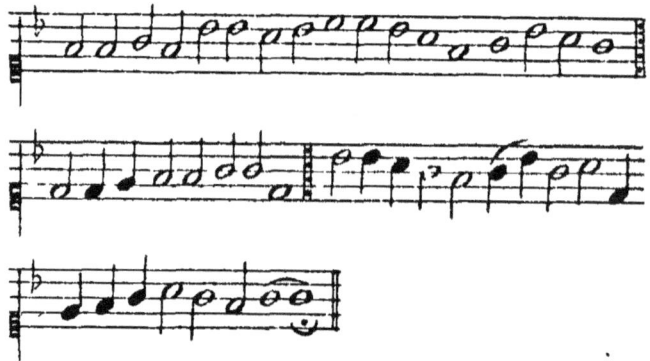

Infidèles pernicieux,
Juifs obstinés et plains d'envie,
Pourquoi estes-vous envieux
De moi, qui suis nommée Marie ?
De vostre lignée je suis,
Oncques villennye ne feys :
Si la grâce de Dieu reçoy,
Qu'en voulez-vous donc dire de moy ?

Ma mére estoit de Bethléem
Et mon pére de Galilée,
Je feus née en Jérusalem
Et au temple de Dieu donnée,
Où dévotement Dieu servy
Tant que sa grâce dessorvy :
Mon estat est bien simple arroy,
Qu'en voulez-vous donc dire de moy ?

Quand j'eus quatorze ans, Dieu manda
A Issachar qu'il me marie
A celui de tribu Juda
Qui avoit la verge florie ;
Joseph avoit un baston sec
Qui produit fleur & feuille avec :
Il me mena avecques soy,
Qu'en voulez-vous donc dire de moy ?

Il me mena en Nazareth
Avecques luy & son mesnage,
Où, quand je feus à mon secret,
De par Dieu me vint un message ;
J'escoutay que l'ange me deist,
Et en m'accordant à son dit,
Conceu le fils Dieu sans délay :
Qu'en voulez-vous donc dire de moi ?

Neuf mois entiers je l'ay porté
Sans estre en rien inquiétée,
Puis à Noël je l'enfantay
Dont je ne feus point molestée ;
En Betheléem la cité
Fut de Dieu la nativité,
Qui petit et en simple arroy :
Qu'en voulez-vous donc dire de moy ?

Vous dites qu'il fut de Joseph
Pour qu'il fut nay en mariage ?
Vous mentez car, en un mot bref,
Le Sainct-Esprit en feist l'ouvrage.
Joseph ne fut mon mary faict,
Vostre cas est vil & infaict,
Et, pour nous servir quelque poy,
Qu'en voulez-vous donc dire de moy ?

Le buisson que Moyse veid,
Qui brûloit sans aucune arsure,
La verge d'Aron qui florit,
Qui estoit seiche sans verdure,
Et la toison de Gédéon
Monstraient que, sans corruption,
Je l'enfantis, comme je sçay :
Qu'en voulez-vous donc dire de moy ?

Jacob vous deist & recorda,
Vostre bon père & ancestre,
Que de la lignée de Juda
On n'osteroit jamais le sceptre
Tant que le Messias feust venu :
Qu'est votre sceptre devenu?
Vous n'avez plus ne duc ne roy,
Qu'en voulez-vous donc dire de moi ?

Daniel deist, en mots certains,
En plain de vostre saincte huille,
Qu'à la venue du Sainct des saincts
Il cesseroit : aussi feist-ille.
Vous dites que point venu n'est :
Regardez en votre cornet ;
S'il y a rien, je vous croy.
Q'en voulez-vous donc dire de moi ?

Si adjouter n'y voulez crédit
Aux sages de vostre lignée,
Escoutez ce que de moy dit
Une fille de Tiburrée
A l'imperateur des Romains ;
Mon fils en l'air, entre mes mains,
Elle lui monstra o le doigt :
Qu'en voulez-vous donc dire de moi?

Une dame en l'isle Délos
Deist que Dieu, sans semence d'homme,
Seroit en une vierge enclos,
Infus que Marie elle nomme ;
Et si nomma Jésus l'enfant,
Inspirée de Dieu tout-puissant ;
Elle en prophétisa le vray :
Qu'en voulez-vous donc dire de moy ?

Taisez-vous et ne parlez plus,
C'est vostre proffit, somme toutte.
Vous voiez bien qu'estes confus,
Car tout le monde vous déboutte :
Vous n'avez terre ne païs,
Vous estes subjects & captifs,
Et venez tous en désarroy :
Qu'en voulez-vous donc dire de moy ?

Recognoissez vostre meffaict,
Et demandez miséricorde ;
Quelque mal qu'aiez dit ou faict,
Demandez grâce, on vous l'accorde.
Confessez la foy par adveu,
Et que je suis mère de Dieu,
Et de mes amis vous reçoy :
Qu'en voulez-vous donc dire de moy ?

L.

CHANSON DE NOEL

SUR UN CHANT NOUVEAU.

Mes bourgeois de Verneuil
Et des faulxbourgs aussy,
Menez trestous grand joye
Ceste journée icy,
Que nasquit Jésus–Christ
De la Vierge Marie
Prés le bœuf & l'asnon, don, don,
Entre lesquels coucha, la, la,
En une bergerie.

Les anges ont chanté
Une belle chanson
Aux pasteurs & bergers
De cette région,
Qui gardoint leurs moutons
Paissants sur la prairie,
Disant que le mignon, don, don,
Estait nay prés de là, la, la,
Jésus, le fils Marie.

Laissèrent leurs troupeaux
Paissant parmy les champs,
Prindrent leurs chalumeaux
Et tout droit à sainct Jehan
Vindrent dansant, chantant,
Menant joyeuse vie,
Pour visiter l'enfant si grand,
Lui donnant des joyaux si beaux.
Jésus les remercie.

Puis ceux de sainct Martin,
Tous en procession
Partirent bien matin
Pour trouver l'enfançon,
Et ouyrent le son,
Puis la douce armonie
Que faisoient ces pasteurs joyeux,
Lesquels n'estoient pas las, la, la.
De mener bonne vie.

Puis eussiez vu venir
Tous ceux de sainct Laurens,
Par bandes accourir,
Tous chargés de harens ;
Les barbeaux & gardons,

Anguilles & carpettes,
Estoint à bon marché, voiez,
A ceste journée-là, la, la,
   Et aussy les perchettes.

Alors ceux de sainct Jehan
  Firent bien leur debvoir,
  De faire asseoir les gens
  Qui venoient voir le Roy ;
  Joseph les remercie,
  Et aussy faict la mère :
Là eussiez veu danser, chanter,
Et mener grand soulas, la, la,
   En faisant tous grand chère.

  Le notaire a joüé
  De son beau tambourin,
  Car il s'estoit loüé
  A ceux de sainct Martin.
  La grand bouteille au vin
  Ne fut pas oubliée ;
Jehan Blouais du violon, don, don,
Car avec eux alla, la, la,
   Ceste digne journée.

Lors un nommé Godart
Faisoit des petits pastés,
Cornuyaux & galettes,
Cependant qu'on dansoit :
Lapins & perdreaux,
Allouettes rosties,
Canars & cormorans, faisans,
Gilles Prier porta, la, la,
A Joseph & Marie.

Avecques eux estoit
Un du païs d'amont,
Qui d'un luth résonnoit
De très belles chansons ;
De Verneuil les mignons
Menoint grand rusterie,
Les eschevins menoint, portoint
Trompettes & clairons, don, don,
En belle compagnie.

Messire Pierre Pillart,
Chanoine de l'église,
Apporta plein un pot
De vin de son logis :
Messieurs les escoliers,

Toutte icelle nuictée,
Se sont prins à chanter, de haut,
Ut, re, mi, fa, sol, la, la, la,
   A gorge déployée.

Puis y en vint trois autres,
   Lesquels n'estoint pas las,
   Qui dedans une chausse
   Lui feirent hypocras;
   Jésus si estoit là
   Qui les regardoit faire :
L'un d'eux si le passa, coula,
Et sautant en tâta, la, la,
   Joseph en voulut boire.

Se sont prins à danser
   De si bonne façon,
   Et puis en ont faict boire
   Au gentil enfançon,
   Lequel le trouva bon
   Comme nous feist acroire.
Puis, demandant pardon très bon,
Et si remercient là, la, la,
   Jésus aussy sa mére.

Nous prîrons tous Marie
Et aussy son cher fils
Qu'ils nous donnent leur gloire
Lassus en paradis ;
Après qu'aurons vescu
En ce mortel repaire,
Qu'il nous veille garder d'aller
Tous en enfer là-bas, la, la,
En tourment & misère.

.

LI.

NOEL NOUVEAU.

Sur le chant : *Le Dieu, le Fort*

Noël naulet chantons joieusement,
Vernoliens, je vous prie humblement ;
Prenons soulas, plaisir & réconfort,
Et délaissons ennuy, noise & discord :
D'un cœur contrit, exempt d'hipocrisie,
Rendons trestous grâces au vray Messie.

Estoit jadis, par six mil ans et plus,
De paradis le genre humain exclus
Par le forfait de notre père Adam,
Car la cautelle du malheureux Satan
Avoit réduit toute nature humaine,
Sans nul espoir, en éternelle peine.

Mais la bonté supresme du Très-Hault,
La providence divine, qui ne fault
A l'oppressé prompt secours octroier,
N'a desdaigné ici-bas envoier
Son propre enfant prendre forme visible,
Et l'immortel s'est faict homme paisible.

Pour réparer le forfaict malheureux
D'Eve & d'Adam & l'homme faire heureux,
L'Emmanuel, le Christ, Verbe divin,
Le fils de Dieu amiable & bénin
Ce jour est nay de la Vierge très pure
En Bethléem, & sans faire ouverture.

C'est des humains le vray médiateur
Vers son père, nostre consolateur,
C'est le hérault qui nous a annoncé
Que pour luy seul lieu avoit dénoncé
Du tout en tout soy venger de l'injure
Que luy avoit faict nostre âme parjure.

C'est le Messie en la loy tant promis,
Venu exprés pour faire un compromis
Et mettre paix entre le Tout-Puissant,
Fort offensé de l'homme languissant,
Son excellent advocat à suffire
Pour appaiser de Dieu courroucé l'ire.

C'est celui seul qui a tout satisfaict
Pour le délit que point il n'avoit faict,
Portant sur luy de nos péchés le prix :
C'est l'olocauste agréable & préfix,
Du ciel venu pour immoller au pére
Et nous tirer d'éternel impropére.

O Dieu trés fort, nonpareil en grandeur,
Quelle vers vous excellente valleur
De l'homme vain, en offense conceu,
Que pour luy seul avéz prins & receu
Un corps mortel, subject à nouriture
Et aux effects de l'humaine nature.

Maintenant donc, d'un espoir trés certain,
Soit de nos cœurs purgé ce vieil levain,
Ce vieil Adam, en nous invétéré,
A ceste fois soit du tout rejetté,
Afin que chose aucune puissions faire
Qui puisse à Dieu agréer & complaire.

Mesmes à fin que par nous en tous lieux
Soit célébré l'advénement heureux
De nostre Dieu & sauveur Jésus-Christ,
Comme au certain l'évangile nous dit,
En luy priant d'un désir d'efficace
Que dans nos cœurs veille imprimer sa face.

LII.

NOEL NOUVEAU

Et se chante sur le chant : *Le soleil vers nous s'advance.*

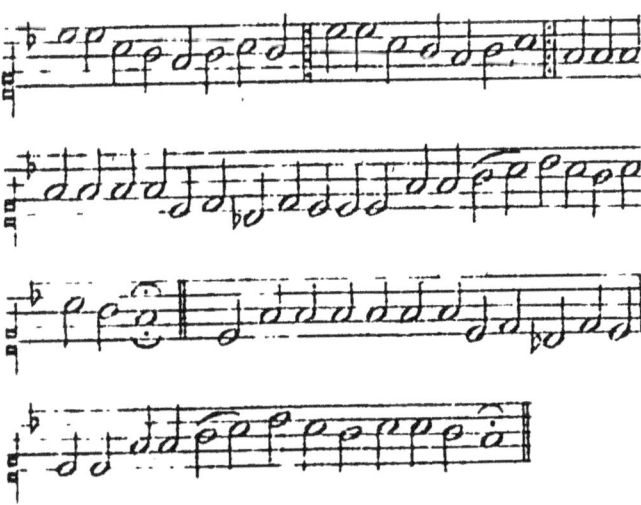

Pasteurs, il est temps qu'on veille,
Ne soiez plus endormis :
Gardez qu'aucun ne sommeille,
De peur que les ennemis
Ne viennent à la furie
    De l'antéchrist
Où repose la bergerie
    De Jésus-Christ.
Dieu, par sa saincte naissance,
    Plain de bonté,
Veille préserver la France
    D'adversité.

Les ans sont aagés en nombre
Mil cinq cens nonante huit,
Que vers la fin de décembre
Vint nasquir au droit minuit
Le fils du roy nostre sire
    En un bon an,
Lorsque florissait l'empire
    D'Octavian.
    Dieu, par sa saincte naissance, &ª

On ne parlait plus de guerre,
Lors estoit mise en oubly,
La paix régnoit sur la terre,
Car Dieu l'avoit estably ;

Alors Jésus en son temple
    Estoit enclos :
Ce fut un signe bien ample
    D'avoir repos.
     Dieu, par sa saincte naissance, &ᵉ.

C'est le soleil de justice,
Descendu de paradis
En l'estoille saincte Eglise
Promise aux esleus jadis,
Qui vient reformer le monde
    En bon estat
Et chasser l'esprit immunde
    Et apostat.
     Dieu, par sa saincte naissance, &ᵃ

Allez le voir en la ville
Et cité de Bethléem ;
Il est nasqui de la fille
De David & Abraham :
Les anges & les archanges
    Sont entour luy,
Qui chantent là ses louanges
    A ce jourd'huy.
     Dieu, par sa saincte naissance, &ᵃ

Les pasteurs de la contrée
S'esbayrent grandement,
Le voiant, à leur entrée,
Logé ainsy pauvrement,
Et couché entre les bestes,
        Et au milieu
De deux insensibles bestes,
        Veu qu'il est Dieu.
    Dieu, par sa saincte naissance, &ᵃ.

Touttes fois la compagnie,
En ce lieu bien mal plaisant,
Humblement s'est prosternée
Jusques auprès de l'enfant,
Voiant la Vierge Marie
        Et son espoux
Qui adoroient cest enfant
        A deux genoux.
    Dieu, par sa saincte naissance, &ᵃ.

O chose moult admirable !
Celuy qui est tout-puissant
Gist sur le foing en l'estable,
Et est au ciel triumphant :
C'est un merveilleux mistère

Du ciel venant,
Quiconque le considère
Est bien vivant.
Dieu, par sa saincte naissance, &ᵃ.

Bethléem ne veut cognoistre
Le logis aucunement,
Nostre Sauveur a son aistre
Qu'à la couche seullement :
Comme ceux qui ne font compte
A ce jourd'huy,
De le servir ils ont honte
Et grand ennuy.
Dieu, par sa saincte naissance, &ᵃ.

Mais son espouse l'Eglise,
Par toutte la chrestienté,
Dévotement solemnise
Sa saincte nativité :
Elle reçoit & honore
Pour son Seigneur,
Et au sacrement l'adore
En grand honneur.
Dieu, par sa saincte naissance, &ᵃ

Auquel soit louange & gloire
A jamais par les vivans :
Quil luy plaise avoir mémoire
De ses fidelles servans,
Et les colloquer & mettre
    Tous en bon an,
Et à la fin à sa dextre.
    Dites amen.

LIII.

NOEL NOUVEAU.

Sur le chant : *Au bois de dueil.*

Réveillez-vous, venez gaigner le pris,
Gens endormis, prenez-en tous liesse,
Crainte n'ayons désormais des périls,
Chantons Noël par bonne hardiesse.
Sy triste esmois nous a longtemps détins,
Il vint dehors, car Jésus est retint
    Pour mettre en cure
    Ce qu'on procure,
    Toutte nature,

Adam & sa postérité :
    La forfaicture
    Prendra facture
    Par un mercure
Qui a très grand aucthorité.
       Noël !

Au beau verger du souverain pourpris
Dieu mit Adam, remply de grand noblesse ;
Or, contemplez tous, notables esprits,
Comme Satan par cautelle nous blesse :
Voiant formé l'homme si bien apris,
D'esprit en luy cruellement apris,
      Lors, luy, énorme
      Serpent de forme,
      Laid & difforme,
Monstrant sa ténébralité,
      La femme & l'homme
      Feist mordre, en somme,
      Dedans la pomme,
Dont tout vient à perplexité.
      Noël !

Or fut Adam en lamentables crys,
Plaignant son mal en piteuse détresse ;

Au bois du dueil ténébreux, à ses crys
Echo respond & respondra sans cesse.
L'originel péché y est compris,
Dont nous serions sans baptesme repris,
　　　Qui purifie
　　　Et vivifie
　　　Cil qui se fie
　　Au fils de Dieu en vérité.
　　　Qu'on crucifie,
　　　Que mort défie,
　　　Qui nous affie
　　Tout amour sans sévérité.
　　　　Noël !

Au temple esleu, les supernels descrets
Ont mis leur sort prospérant par humblesse
Qui de Satan a tous les sorts prescrits,
Et n'a usé que d'amour sans rudesse;
Les plus restifs & hardis ennemis
A tint confus & plus bas les a mis :
　　　Les bons invite,
　　　Morts ressuscite,
　　　Chacun incite
　　A laisser immundicité;
　　　Des morts n'est quitte,

En croix s'acquite,
Enfer despite
Pour ouvrir sa saincte cité.
Noël!

O bon Jésus, qui repais & nouris
Tous chrestiens par mainte haultesse,
Nos vieils péchés énormes & nos cris
Ne prends à cœur, mais donne nous adresse,
Que ne soions à nostre mort surprins,
Si parviendrons, comme il est entreprins,
Au ciel empire,
Où nul n'empire,
Mais joie aspire,
Tout chante par félicité :
Hault roy & sire,
Chacun désire
Chanter & dire
Noël en grand joieuseté.
Noël !

LIV.

NOEL NOUVEAU.

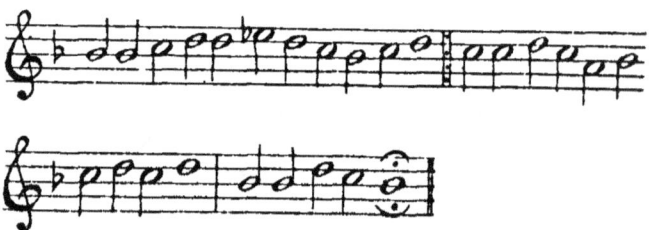

Sus, sus, chrestiens d'immortelle semence,
Soions remplis de joieuse clémence :
Voicy le jour qui n'eut jamais de tel.
Chantons Noël !

Voicy le jour d'une heureuse naissance,
Voicy le jour d'une guerrière enfance
Qui fut prédit par l'ange Gabriel.
Chantons Noël !

Je sens desjà le fruit de sa venue :
Contre Satan mon âme s'esvertue ;
Il a brizé son chef lasche et cruel.
Chantons Noël !

Sans son secours, toute la race humaine,
Serve à jamais de la mort inhumaine,
Debvoit souffrir un supplice éternel.
   Chantons Noel!

Son sainct berceau nous retira dés l'heure
De la prison où le péché demeure,
Pour nous donner l'héritage immortel.
   Chantons Noël!

Pour réparer d'Eve & d'Adam la brèche
Il a voulu naître dans une crèche
Pour nous monstrer son humble naturel.
   Chantons Noël!

C'est celuy-là qui, devant que de naistre,
Monstrant que Dieu avec nous devoit estre
Fut appelé du nom Emmanuel.
   Chantons Noël!

C'est celuy-là qui, durant sa naissance,
N'a point voulu avoir d'autre assistence
Qu'un asne, un bœuf eschauffant ce Noël.
   Chantons Noël!

C'est celuy-là qui, par la trouppe d'anges,
Aux pastoureaux annonça ses louanges,
Disant : « A Dieu gloire en terre & au ciel! »
   Chantons Noël!

C'est celuy-là qui, par trois divers Mages
Chargés de mirrh, d'or, encens, leurs hommages,
Pour l'adorer vindrent d'un pas ignel.
   Chantons Noël!

C'est celuy-là qui, du long du rivage,
Pour éviter d'Hérodes roy la rage
Feist renverser cest idole de Bel.
   Chantons Noël!

C'est celuy-là qui, dedans Galilée,
Rendit de l'eau en bon vin fut muée,
Monstrant que c'est le vray Dieu d'Israël.
   Chantons Noël !

C'est celuy-là qui a receu baptesme
Dans le Jordain par sainct Jehan & luy-mesme
Donna à l'eau pouvoir spirituel.
   Chantons Noël !

C'est celuy-là qui voulut avoir peine,
Dans le désert jeusner la quarantaine,
Pour réformer le forfaict actuel.
      Chantons Noël!

C'est celuy-là dont la mort pure & munde
Nous vint tirer de l'abisme inféconde,
Souffrant pour nous estre mis en la croix.
      Chantons Noël !

C'est celuy-là qui retira les pères
Hors des enfers, de leurs peines amères,
En effaçant leur vice originel.
      Chantons Noël!

C'est celuy-là qui sortant du sépulchre
N'eut d'autre but que le céleste lucre,
Monstrant son corps sain, divin & mortel.
      Chantons Noël !

C'est celuy-là qui des voultes célestes
Descendre feist des flambes manifestes,
Le Sainct-Esprit au père & fils formel.
      Chantons Noël !

C'est celuy-là qui, pour son grand mérite,
Dedans Sion, son lieu d'heureuse habite,
Lieu plain de paix & d'heur perpétuel.
    Chantons Noël!

C'est celui-là qui, de tout bienveillance,
Nous a monstré, à nostre délivrance,
Que son amour est plus que paternel.
    Chantons Noël!

Puisque vers nous son amour est si grande,
Et qu'en amour un autre ne demande
Luy tesmoignant son amour mutuel,
    Chantons Noël!

Et nous, ingrats de si grand bénéfice,
Offrons-luy donc un humble sacrifice,
En luy faisant de nos cœurs un autel.
    Chantons Noël!

LV.

NOEL FORT ANTIEN

SUR LE CHANT D'UN BRANLE DE BOURGOGNE

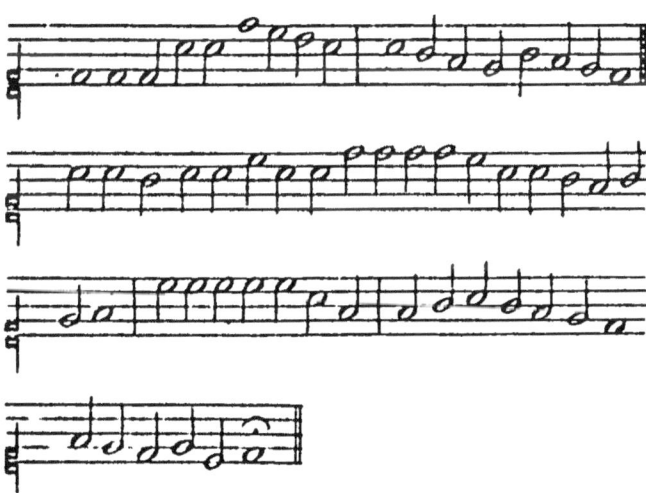

Chantons Noël par mélodie,
Noël chantons dévotement
En l'honneur du fils de Marie,
Messias, notre sauvement,

Qui, pour nature humaine,
Veut prendre ceste peine
De descendre ici-bas,
Et la rendre certaine
Que sa gloire haultaine'
Ne luy demeure pas.

Par Adam, nostre premier père,
Fut rompu le commandement
De Dieu, dont avons vitupére
Souffert & porté longuement.
  Pauvre humaine nature
  En a eu la torture
  Et tourmens rigoureux,
  Qui tant de mal endure,
  Attendant l'ouverture
  Des limbes ténébreux.

Pasteurs gardant leurs brebiettes,
Leurs petits aigneaux & moutons,
Ont prins leurs bastons & houllettes,
Disant : « Il est temps que partons.
  Allons en la contrée
  Du pais de Judée,
  Voir les joieux esbats
  De la vierge honorée

Qu'on dit estre accouchée
Du vray fils Messias. »

Hérodes, par sa tirannie,
Craignant d'estre déshérité,
A conspiré sur luy envie,
Sans luy avoir démérité :
   En sorte se deffie
   Qu'il faict perdre la vie
   Aux petits innocens,
   Mais sa rage folie
   Est nulle & abolie,
   Donc perd mémoire & sens.

Faux Hérodes, tu ne dois craindre
La venue de ton Seigneur,
Car il ne vient point pour esteindre
Ta prééminence & honneur :
   Que prétendois-tu faire,
   Quand as voulu deffaire
   Celuy qui t'avait faict ?
   Tu en auras affaire,
   Combien que l'on diffère,
   Et seras son subject.

Trois rois cognoissant la lumière
D'une estoille qui les conduit,

Ont tost entendu la matière,
Et ont cheminé jour & nuit :
  Viennent en diligence,
  Faire la révérence
  A l'enfant nouveau-nay;
  D'or & mirrh, par prudence,
  Et d'encens en présence,
  Tous trois l'ont estréné.

Les sibilles, par prophétie,
Longtemps devant l'avoient escrit,
Qu'une vierge dicte Marie
Neuf mois portera Jésus-Christ :
  Ceste riche porteure
  Termine la figure
  De l'ancienne loy,
  Et parfaict l'ouverture
  De la loy de nature
  Comme souverain roy.

Prions la Vierge mére & pure
Et son doux enfant Messias,
Qui, sans macule ni laidure,
L'a allaicté entre ses bras,
  Que pour nous elle face
  De nous impétrer grâce

Envers son très cher fils,
Et que voions sa face,
De beauté l'outrepasse,
Là-haut en paradis.

LVI.

NOEL FORT ANTIEN.

(1597).

Le faux serpent jadis maudit
Pourquoi a-t-il laissé la dextre
De Dieu où prenoit son déduit
En contemplant son divin estre ?
Egal à luy prétendoit estre,
Disant que dessus aquillon
Son camp royal il voulut mettre :
Mais Dieu rompit son pavillon.

Lors se voyant par son erreur
Déjetté des lieux angéliques
Et abismé en grand horreur
Avecques ses consors iniques,

Il a pensé, par ses trafiques,
L'œuvre du hault Dieu déranger,
Et par ses arts diaboliques
De son malheur tost le venger.

Le Seigneur avoit composé
Un beau jardin à sa plaisance,
Où nos parens avoit posé
Affin qu'en eussent jouissance,
Mais le serpent, plain de meschance,
Par ses faux dits les a déceus,
Leur baillant du fruit de science
Parquoy la mort ont aperçu.

Cinq mil ans & plus longuement,
Ont souffert telle pénitence
Leurs successeurs, sans nullement
Mitiger la divine essence,
Mais Dieu, voiant leur indigence,
Un pélican a destiné
Pour procurer leur délivrance,
Qui est son fils prédestiné.

Lys verdoiant croist au jardin
De Jessé en magnificence,
Où le pélican très divin
A vollé & faict résidence :

Là il a prins si grand plaisance
Que neuf mois s'y est arresté ;
Lors eussiez veu divine essence
Enclose dans virginité.

Ce pélican prédestiné
Est Jésus-Christ, le vray Messie ;
Le beau lys, non contaminé,
C'est la Vierge nommée Marie
Qui a produit le fruit de vie
De son corps neuf mois absolus,
Non par virille compagnie
Comme croyons tous résolus.

Au temps de la nativité
Du pélican trésor de vie,
Les anges du ciel ont chanté
Par une voix douce & série,
En disant à la bergerie :
Allez tous voir l'Emmanuel
Lequel est nay en Béthanie,
Et chantez haultement Noël.

Trois roys d'estrange région
Sont venus en ceste contrée
Par la conduite & vision
D'une estoille en l'air posée ;

Sont accourus jour & nuittée
Au petit Dieu faire présens,
Le genouil bas, teste enclinée,
Lui donnant or, mirrh & encens.

Auprès de ce doux oysillon
Régnoit un griffon plain de rage,
Hérodes, plain d'ambition,
Qui commande qu'on le saccage,
Et, pour accomplir son courage,
Les innocens va meurtrissant,
Mais le pélican, comme sage,
En Egipte s'en va volant.

L'altitonnant a décerné
Que ce griffon de vil plumage
Par Atropos fût prosterné,
Rendant à nature son gage.
Lors, devers son premier bocage
Le doux oyseau revient volant,
Voiant que du griffon la rage
Estoit mise tout au néant.

Trente-trois ans s'est arresté
En ce bas val plain de misére,
Endurant mal & pauvreté
Comme un pécheur est mis arriére.

Ses ennemis ne veut deffaire,
Mais tous les jours les va preschant :
Semblable à nous s'est voulu faire,
Forme de serviteur prenant.

Au pais de ce pélican
Estoient oyseaux d'autre plumage,
Sacrets, espreviers & milan,
Pharisées d'estrange corsage,
Lesquels, n'entendant le ramage
De cest oyseau très gracieux,
L'ont invadé par grand outrage,
Cuidans avoir proye pour eux.

Les mains & pieds à coups de bec
Percés luy ont & la poytrine,
Et estendu sur l'arbre sec,
Le chef transpercé d'une espine :
Souffert il a tourment indigne
Et le bien pour le mal rendu,
Et de bon cœur son sang très digne
Pour ses petits a respandu.

O pélican doux & bénin,
Nous te prions, par accordance,
Que puissions au trosne divin
Avec toy faire résidence :

Aprés avoir en repentance
De nos péchés et griefs délits,
Mets en oubly d'Adam l'offense,
Et nous donne ton paradis.

LVII.

NOEL FORT ANTIEN

COMPOSÉ PAR Mᵉ RICHARD, VIVANT VICAIRE DE SAINCT-PIERRE.

Je vous supply que vous chantez
Joieusement Noël, Noél,
Puisque nous sommes racheptés
Par le sauveur Emmanuel :
Dieu le pére coéternel
Avec le fils & Sainct-Esprit,
Par commandement paternel,
A faict incarner Jésus-Christ.

Où est le grand chien Cerberus,
De Pluto chef & coronal ?
Ne se doit-il pas tenir jus
Et tout son couvent infernal ?
Il n'y a pape ny cardinal
A qui n'ait dit : « Un jour t'auray. »
Plus ne leur peut faire de mal :
Il est soubs le jour contéré.

Prophétes et pères grisars
Tristes & mélancolieux,
Aussy blancs que cygnes ou jars,
Chantons Noël de cœur joyeux.
Laissez gémir en ces bas lieux
Caïn, Caron & Tantalus :
Aux champs Elisées serez mieux ;
Sainct Pierre vous attend a l'huis.

Gentils pasteurs, frisques & gays,
Qui cherchez nids aux buissonnets,
Laissez nourir le papeguay
Et pondre le chardonneret,
Et mettez vostre hault bonnet,
Plus n'y gardez vache ny veau,
Gringottez comme un sansonnet
Et venez voir l'enfant nouveau.

Réveillez vous, cœurs douloureux,
Le temps en vain plus ne perdon ;
Prions cest enfant gracieux
Et sainct Pierre, nostre patron.
Il nous faut demander un don
Qu'il impétra le temps jadis,
C'est que Dieu nous face pardon
Et nous mette en son paradis.

LVIII.

NOEL NOUVEAU.

Sur le chant d'un psaulme qui se commence : *Estant*
assis aux rives aquatiques.

Estant assis du long de la prairie,
Tenant en main ma houlette jolie,
Environné de brebis & aigneaux,
J'ay ouy au ciel, entre tous les oiseaux,
Un oiselet vestu de blanc plumage
Qui par sur tous de chanter faisoit rage.

Et en son chant sonnoit une nouvelle,
En Bethléem d'une vierge et pucelle

Estre nasqui le sauveur des humains,
Dont prosterné me suis à joinctes mains
Et, à genoux, louant ceste naissance,
Spérant en bref de mon mal allégeance.

Aux compagnons bas couchés sur l'herbage,
M'en suis allé, d'affectueux courage,
Tout raconter, tout ce que j'ay ouy :
Lors chacun d'eux s'est si fort esjouy
Qu'abandonner ont voulu tous leurs bestes
Pour aller voir du grand seigneur la feste.

Et tant avons marché ceste nuitée,
Par monts & vaux, abatans la rosée,
Qu'au grand palais du Roy sommes venus ;
Jolis présens dont nous étions pourveus
Avons tiré hors des poche & bagage,
Pour luy offrir de libéral courage.

Là sommes entrés comme un troupeau de bestes,
De grand ardeur qu'avions de voir la feste,
Tant que Margot tumba sur le museau;
Mais Alory, ce tant joly hardeau,
Incontinent la print soubs les aisselles,
Puis sont allés voir l'accouchée pucelle,

Qu'avons trouvé en piteuse ordonnance
Sans lit, sans drap, sans coutes et sans lange,
Près un créneau où mangent les chevaux,
Et, en ce lieu, le Roy des pastoureaux,
Le doux Jésus, entre un asne & un bœuf,
Tout nud couché sans drap ny aulcun linceul.

Tous salué avons ceste accouchée
Las! qui a faict si heureuse portée,
Nous prosternans devant elle & son fils,
Nostre sauveur, le Roy des fleurs de lys,
Offrant de cœur nos petits équipages
Poires, raisins, gastelets & fromages.

Prenant congé de la noble assistance,
Sont d'orient, en grand obéissance,
Trois roys venus, en richesse excellents,
Qui presenté ont or, mirrh & encens
Au Roy des roys, nostre seigneur & maistre,
Venu pour nous en ce tant piteux estre.

Chacun soit prompt de requérir sa grâce,
De nuict, de jour, par toutte voye & place,
Et qu'en la fin nous veuille prendre à mercy,
Estant partis hors de ce monde icy,
Et, quand tiendra sa grand cour souveraine,
Du paradis doint jouissance pleine.

LIX.

NOEL NOUVEAU

EN FORME DE CHANT ROYAL, COMPOSÉ PAR JACQUES GODEBILLE
EN L'ANNÉE 1581.

Sur le chant de : *Noël son petit trac.*

O vrays pasteurs, gardez moutons au parc,
Venez icy, venez tost, accourez ;
Accourez tost, bergers, de touttes parts,
Et le vray Pan, homme-Dieu, vous verrez.
Que grand que Roy, que dessus tout puissant,
Vous trouverez en la crèche naissant
Tout de nouveau dans un lieu spacieux,
Où tous les vents soufflent à qui mieux mieux,
C'est vostre roy, bergerots d'Israël.
Chantez avec l'ange & les Pères vieux :
Gloire au hault Dieu, paix en terre à Noël !   *(Bis).*

Quoy, compagnons, hé, n'entendez-vous pas
La voix qui dit : venez, vous trouverez
Pan qui est nay ? sus, sus, hastons le pas,
Robin, Guillot, nos brebis garderez ;

Puis, retournés vers vous de cest enfant,
Nous vous dirons comme il est triumphant.
En son arroy courons tost, curieux
D'aller trouver l'enfançon gracieux :
Jamais ne fut encore un enfant tel,
Car on m'a dit qu'il est le roy des cieux.
Gloire au hault Dieu, paix en terre à Noël! *(Bis)*.

Holà, garçons, pensons à nostre cas :
Proche est le lieu, soudain l'admirerez;
Prenez Francin, & vous, cher Ménalcas,
Vos chalumeaux desquels vous sonnerez.
Moi, dit Claudin, plus que vous cognoissant
L'art de sonner vos esprits ravissans,
J'exalteray du son armonieux
De mon flageol son renom glorieux,
Que je rendray, si je puis, immortel.
Et si, dirons en chants mélodieux :
Gloire au hault Dieu, paix en terre à Noël! *(Bis)*.

Que ferons plus ? de penser je suis las.
Lors, dist Francin, vous luy présenterez
Deux merlerots que j'ay prins en mes lacs.
Qui me croira ? plustost luy donnerez,
Se dist Obeth, en le réjouissant,
De beaux aigneaux le coupple embellissant,

Tous nos troppeaux ; marchons donc courageux,
Claudin, de nous le plus ingénieux,
Dira pour tous à ce prince éternel
Que l'allons voir chantants dévotieux :
Gloire au hault Dieu, paix en terre à Noël ! *(Bis)*.

Roy des pasteurs, aime-paix, hay-débats,
Nous vous venons voir icy, asseurés,
S'ainsy vous plaist, qu'aux dangereux combats
Contre les loups leurs maistres nous ferez.
Gardez, Seigneur, tous nos moutons paissans
Sur les larris, du lion rugissant,
Repoussez loin les assaults furieux
Et nous rendez sur luy victorieux.
Nous vous offrons ce beau couple jumel
De nos aigneaux, en disant, trop heureux :
Gloire au hault Dieu, paix en terre à Noël ! *(Bis)*.

ENVOY.

Prince honoré, Pan, c'est le Dieu des dieux,
Nay ce sainct jour, & les gens vertueux
Sont ses pasteurs, que l'ange Gabriel,
Grâce de Dieu, faict dire tout joyeux :
Gloire au hault Dieu, paix en terre à Noël ! *(Bis)*.

LX.

NOEL NOUVEAU.

Sur le chant : *J'ay ouy chanter la belle.*

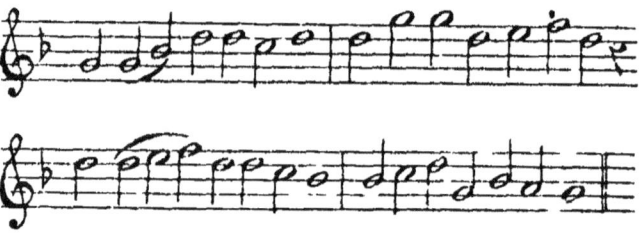

Sur le mont de Sion
J'ai sceu bonne nouvelle
D'un redolent sion
Qui vint de Vierge belle.

Par un ange j'ai sceu
Une moult grande chose :
Cette Vierge a conceu,
La belle blanche rose.

Il n'est rien si plaisant
Ne rien si désirable
Que allons donc faisans,
Chantons chose louable.

Il en est si grand bruit
Que tout chacun s'y fonde :
Elle a porté le fruict
Et le salut du monde.

Verge aromatisant,
Pleine d'odeur florante,
Et balsamotisant
Tant elle est odorante,

Ceste Vierge a battu
L'ennemy de nature,
Et si l'a combattu
Pour toutte créature.

C'est le sceptre David
Et la verge royalle
Soubs qui le monde vit
D'espérance finalle.

En grand dévotion
Retournons nous à elle,
Qu'en exaltation
Oye nostre querelle.

LXI.

NOEL NOUVEAU

COMPOSÉ PAR Mᵉ MAXIMIN DESCHESNES, CURÉ DE SAINT-
LAURENT DE CESTE VILLE DE VERNEUIL EN CESTE PRÉ-
SENTE ANNÉE 1596.

Et se chante sur un air de court.

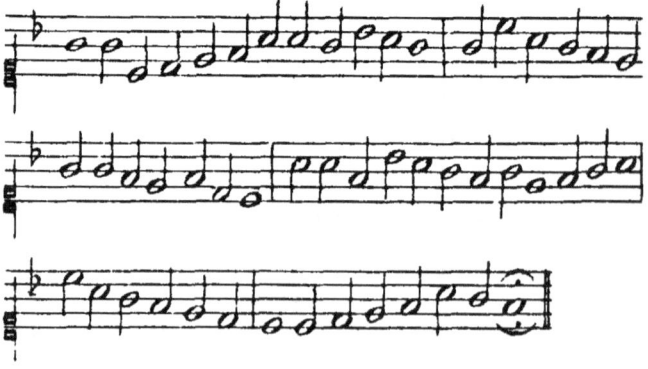

Il a plu au grand Roy éternel, Dieu des dieux,
Tirer le genre humain de la patte maligne,
Quand par son grand hérault, le messager des cieux,
L'ambassade fut faicte à la Vierge bénigne.

Par cet annoncement de l'ange Gabriel
Adam se resjouit & toute sa séquelle,
Car bien tost il voira le grand Roy d'Israël
Délivrant les humains de coulpe originelle.

Jà la vigne a produit & donné son odeur
Et chassé le serpent par sa fleur azurée ;
Le bourgeon est sorty d'admirable valleur,
On voit de sa vertu la terre estre parée.

Nous voions les vieillards aux limbes gémissants
Rompre de leur péché le trop rude cordage,
Cantiques à Noël doucement dégoissans,
Comme le roussignol estant hors de sa cage.

Oh ! combien est heureux le champestre berger
Qui d'un très bon voulloir présenta à la mère
Au fils & à Joseph à boire & à manger,
Les voyant héberger en si pauvre repaire !

Le ciel, obéissant à ce grand plasmateur,
Une estoille produit conduisant les trois Mages
Au lieu préfiguré pour adorer l'autheur,
De grâce & de vertu donnant précieux gaiges.

Hérodes trop cruel, craignant que l'enfançon
Voulust anéantir sa force et sa puissance,
Occist les innocens d'une estrange façon :
Mais Dieu, juste vengeur, a puni son offense,

Car, bien tost par après, les cirons poinçonnants,
Luy livrant le combat par volonté divine,
Couppèrent le filet qui dévidoit ses ans,
Le faisant tresbucher dans l'amère piscine.

Catholique François, recognois ton seigneur,
Et crains son jugement que ton péché amène,
Regarde l'animal de très grossière humeur
Sur la crèche son Dieu chauffant de son haleine.

C'est luy qui, désireux de bien garder la loy,
Pour prier Dieu son père entroit dedans le temple :
Sus donc, Vernolien, demande à ce grand Roy
La grâce de régir ta vie à son exemple.

LXII.

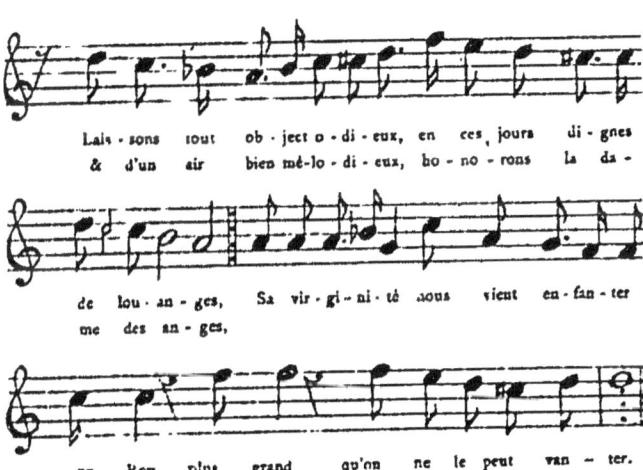

Lais - sons tout ob · ject o - di - eux, en ces jours di - gnes
& d'un air bien mé-lo - di - eux, ho - no - rons la da -

de lou · an - ges, Sa vir · gi - ni · té nous vient en - fan - ter
me des an - ges,

un Roy plus grand qu'on ne le peut van — ter.

MATER CHRISTI — MATER DIVINÆ GRATIÆ

Par sa très-humble abjection
Est conceu le Verbe du Pére,
Et son immaculation
La faict de son seigneur la mére.
    Sa virginité, &ª.

Venez, criminels, approchez,
Que ceste Dame vous embrasse :
Pour le pardon de vos péchés,
Ses saincts flancs sont tout plains de grâce.
    Sa virginité, &ᵃ.

Cest amour vient briser les fers
Où nous a mis le premier homme
Et nous rachepter des enfers
Mérités par le mors de pomme.
    Sa virginité, &ᵃ.

Vous, à qui les loix ont appris
Le plus orthodoxe exercice,
Pour vostre exemple & vostre prix
C'est un beau miroir de justice.
    Sa virginité, &ᵃ.

Et vous, qu'on void se désoler
De tout ce que Dieu nous envoie,
Venez aussi vous consoler :
C'est la cause de vostre joye.
    Sa virginité, &ᵃ.

C'est ce baume de la pudeur
Exalté du sacré cantique,
L'onguent de précieuse odeur
Sort de cette rose mistique.
      Sa virginité, &ᵃ.

D'elle s'en va prendre l'essor
Un Roy qui les âmes bienheure,
Dans son ventre plus pur que l'or
Il a fait neuf mois sa demeure.
      Sa virginité, &ᵃ.

Une vierge enfante son Dieu :
Rome, au point de ce miracle,
Câble un temple par le milieu,
Ainsi qu'avoit prédit l'oracle.
      Sa virginité, &ᵃ.

Venez, vous de qui la raison
Est tombée dans la foiblesse,
L'esprit reçoit sa guérison
Près de ce trône de sagesse.
      Sa virginité, &ᵃ.

Ce vase a sur tous le bonheur
D'estre esleu comme le plus digne
D'un esprit d'amour & d'honneur
Et de dévotion insigne.
   Sa virginité, &ᵃ.

C'est ceste forte & haute tour
Des armes de David illustre :
L'ivoire de l'aube du jour
N'a point tant d'esclat ni de lustre.
   Sa virginité, &ᵃ.

Affin de nous donner sa paix,
Le fils de la divine essence
S'unit à la chair désormais
Dedans ceste arche d'âlliance.
   Sa virginité, &ᵃ.

La mort proche de son trépas
Void la gloire qui nous apporte
Le Roy qui du ciel icy-bas
Vient triomphant par ceste porte.
   Sa virginité, &ᵃ.

L'esprit aussi bien que le corps
Est purgé par ceste racine,
Elle sert aux subjects peu forts
De restaurante médecine.
     Sa virginité, &ᵃ.

Sa bonté chasse nos malheurs,
Sa grandeur calme nos alarmes,
Au fort accés de nos douleurs
Sa parolle essuie nos larmes.
     Sa virginité, &ᵃ.

Et vous qui joignez le sçavoir
Avec la dignité royale,
Un Dieu va naistre, allez le voir,
Suivez l'estoile matinale.
     Sa virginité, &ᵃ.

Aux cœurs dans lesquels la fureur
A mis l'espouvante du juge,
S'ils ont leurs crimes en horreur,
Elle est un asseuré refuge.
     Sa virginité, &ᵃ.

Ses regards arrestent les coups
De la foudre qui nous accable,
Et ses pieds combattans pour nous
Escrasent la teste du diable.
            Sa virginité, &ᵃ.

Reyne de tous les bien-heureux,
Puisque nous festons ta mémoire,
Fay nous, de ton los amoureux,
Bénir à jamais dans la gloire.
            Sa virginité, &ᵃ.

LXIII.

NOEL FORT ANTIEN

COMPOSÉ PAR Mᵉ RICHARD, EN SON VIVANT VICAIRE
A SAINT-PIERRE.

Plaisir si est aux humains advenu,
Venu il est le doux Emmanuel :
Noël chantons comment le cas est tel ;
Le cas est tel, l'homme y est bien tenu.

Adam, Adam, tu avois tout perdu,
Perdu avois du tout le genre humain :
Inhumain fus de mordre si soudain
Soudainement de ce fruict deffendu.

Cinq mil ans plus en fut l'homme damné
Et condamné & forbany des cieux,
Des cieux privé, du paradis joieux ;
Joieux ne fut d'estre ainsy condâmné.

Mais Dieu voiant que l'homme estoit forfaict,
Un faict a fait par sus tous excellent :
Pour réparer & rendre précellent,
Sans estre lent, de péché l'a deffaict.

Luy qui est Dieu a prins humanité,
Humain est faict & s'est rendu mortel,
Mortiffiant le péché trop cruel
Qui trop cruel nous fut en vérité.

Marie, dame de grande région,
Renommée par sus tous, l'a deffaict.
De faict, l'ange Gabriel, tout parfaict,
Parfaictement la salue en son nom.

Dame, de faict je vous rends un salut.
Par le salut Dieu est avecques toy :
En toy celuy porteras, un grand Roy,
Et sans desroy, c'est un point absolu.

Lors Marie si fut troublée dudit,
Disant comme ce pourra être faict ?
De faict, d'homme je n'eus jamais le faict,
Ne faict sera jamais, sans contredit.

L'ange luy deist : Marie, ne doute point,
Car pour ce point le Saint-Esprit viendra,
Lequel, venant en toy, se parfera,
Le mieux parfaict en toy pour cedit point.

Lors Marie, remplie d'humilité,
Très humblement à l'ange respondit :
Ce que m'as dit soit faict sans contredit,
Car ton beau dit me plaist en vérité.

Le Sainct-Esprit en elle descendit,
Après son dit que le suppost forma,
En la forme d'homme le consomma,
En consommant des prophétes le dit.

Neuf mois après, Marie porta le fruit,
Fructifiant en œuvre moult divin
Divinement que produit à la fin,
Finablement à l'heure de minuit.

En Bethléem, en un lieu mal paré,
Sans parement produit son fruict nouveau,
Nouvellement, entre l'asne & bouveau
En temps de froid, en un lieu séparé.

Les pastoureaux ont chanté doucement,
Par bons accords chacun armonisant,
Armonisant le chant si gracieux
Envers les cieux résonnant haultement.

Trois roys, estant de moult estrange part,
Ce sont partis, l'estoille les menant;
Menés les a jusques au lieu pompant,
Et sont venus pour trouver le poupart.

Quant ont esté devant l'enfant présens,
De beaux présens trestous lui ont donné,
Donné luy ont, en honneur ordonné,
Ordonnement or, mirrhe & encens.

Hérodes faux, cuidant tuer l'enfant
Si triomphant, a faict mourir à sang
Sans espargner les simples innocens,
Craignant son faict de Dieu si triomphant.

Prions l'enfant, sa douce mère enfin,
Que nous puissions de nos péchés pardon
Pardon avoir, par loyal et pur don,
En nous donnant grâce à tous à la fin.

LXIV.

L'émail des couleurs d'une cœleste aurore
Faict un jour si beau
Que jà Persien tout le monde n'adore
Qu'un si clair flambeau :
Faisons donc un sacré séjour
Où nous puissions voir l'œil d'un si beau jour.

Quittons de nos pleurs le malheureux usage,
  Et, d'un œil riant,
Tournons librement le cœur et le visage
  A cet Orient,
  Afin qu'en ce sacré séjour,
Nous puissions avoir l'heur d'un si beau jour.

Desjà nous voyons que, contre sa nature,
  Le commun soleil,
Forcé du pouvoir d'une telle adventure,
  Cligne son bel œil,
  Sachant qu'en ce sacré séjour,
On ne peut avoir l'œil d'un plus beau jour.

Je vois précéder par un divin Mercure
  Sa belle clarté,
Qui vient devant luy, afin qu'il nous procure
  Nostre liberté,
  Disposant ce sacré séjour
Où Dieu faira voir l'œil d'un si beau jour.

Il a l'œil si beau, la bouche si faconde,
  L'air si gracieux,
Qu'il peut, en parlant, mettre la paix au monde
  Et la gloire aux cieux,
  Afin qu'en ce sacré séjour,
Nous puissions avoir l'heur d'un si beau jour.

LXV.

AUTRE NOEL

COMPOSÉ PAR LE MÊME

Sur le chant : *Belles nymphes des bois*
Qui m'avez tant de fois
Au bord de vos fontaines.

(1609).

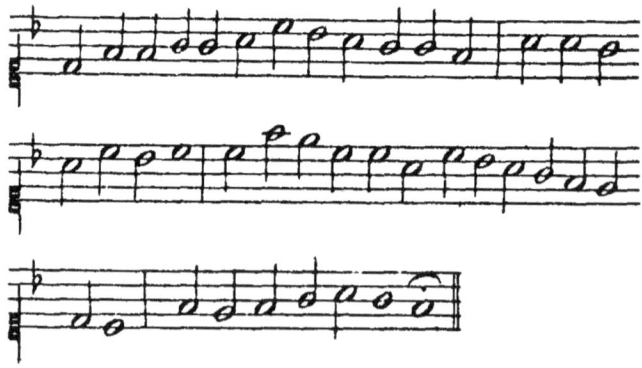

Venez, gentils bergers,
Hastez vos pas légers,
Accourez en liesse,
Venez voir l'enfançon,
Son ris & sa façon
Remplie d'alégresse.

Cest enfant qui est né,
C'est le Verbe incarné
En la saison promise,
Si Dieu et l'homme en paix
Sont unis désormais,
C'est par son entremise.

Il ne vient pas armé
D'un flambeau alumé
Ni de traict ni de flèches :
Cet amour, qui est Dieu
Commandant en tout lieu,
Est nud dans une crèche.

Libres il a les yeux
Pour regarder les cieux
Et voir nostre misère :
Il ne saurait voler
Et ne s'en doit aler
Que le monde il n'éclère.

Trop ingrat est celuy
Qui n'a le cœur pour luy
Embrasé de ses flammes,
Car cet Emmanuel
Ça bas ne s'est fait tel
Que pour sauver nos âmes.

LXVI.

NOEL ANCIEN & DE GAYETÉ

COMPOSÉ L'AN 1608, PAR LE SIEUR DU C. A. V.

Sur le chant : *Que je ne vous veux, que je ne
vous veux pas dire.*

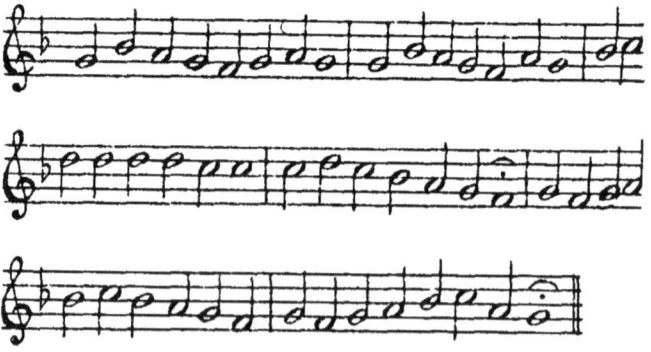

Un soir, touttes les bergères,
    Perrot & Jules aussy,
Alloint, par bandes légères,
Chantant & dansant icy,
    Comme je vous veux,
Comme je vous veux bien dire.

Le Dieu estoit cette prée
Qui, au plus beau de l'esté,
De mille fleurs est parée,
Mais jamais il n'a esté
    Comme je vous veux,
Comme je vous veux bien dire.

Le rossignol qui fredonne,
Le ruisseau qui va flottant,
L'un en son onde y bourdonne
Et l'autre y va gringlottant,
    Comme je vous veux,
Comme je vous veux bien dire.

La trouppe en rond ordonnée,
A l'entour d'un gros ormeau,
Une carolle a dansée
Pour resjouir le troupeau,
    Comme je vous veux,
Comme je vous veux bien dire.

Janeton fut la premiére
Qui touttes nous resjouit,
Nous monstrant une lumiére
Qui nos deux yeux esblouit,
    Comme je vous veux,
Comme je vous veux bien dire.

Devers la voulte éthérée
Où Diane fait son tour,
Les enfants de Cythérée
De la nuit ont fait un jour,
    Comme je vous veux,
Comme je vous veux bien dire.

On dit que ce sont les anges
Qui nous viennent annoncer
Des miracles bien estranges :
Escoutez-les prononcer,
    Comme je vous veux,
Comme je vous veux bien dire.

Gloire à Dieu sur l'empyrée,
Paix à l'homme en ces bas lieux !
Bethléem est décorée
D'un fait bien prodigieux,
    Comme je vous veux,
Comme je vous veux bien dire.

Là mesme, dans une crèche,
Vous est né le rédempteur :
Petit enfant, il recherche
Vostre amour & vostre cœur,
　　Comme je vous veux,
Comme je vous veux bien dire.

Il a pour mère une vierge
Qui le nourit de son laict,
Qui sous un roc le héberge,
Revestu de drapelets,
　　Comme je vous veux,
Comme je vous veux bien dire.

Bergers, enfants de Judée,
Quittez tout & y courez
Trouver, près de l'accouchée,
Vostre Dieu & l'adorez,
　　Comme je vous veux,
Comme je vous veux bien dire.

A ce mandement céleste,
Tous ravis, nous nous disions :
Viste, viste, qu'on s'apreste
Pour voir ce que nous oyons,
　　Comme je vous veux,
Comme je vous veux bien dire.

L'astre beau qui nous esclére
De nos troupeaux aura soin,
Le loup & la beste fiére
S'en escarteront bien loin,
    Comme je vous veux,
Comme je vous veux bien dire.

Tout au long de ceste prée
Nous redirons nos amours,
Les fleurs qui l'ont diáprée
En entendront le discours,
    Comme je vous veux,
Comme je vous veux bien dire.

LXVII.

Acourez, peuple triomphant,
    D'un alaigre courage,
A cet enfançon tout-puissant,
    Sus, venez faire hommage.
Dressons nos vœux à cet enfant
    Qui d'enfer nous dégaige.

Celuy qui faict gronder les vents
　　Dans un obscur nuage
Est issu ceste nuict des flancs
　　D'une vierge trés sage.
Dressons nos vœux à cet enfant
　　Qui d'enfer nous dégaige.

Comme Zéphire souffletant
　　A dissipé l'orage
Et le vaisseau qui va flottant
　　Evitte le naufrage.
Dressons nos vœux à cet enfant
　　Qui d'enfer nous dégaige.

Ainsy ce bel astre naissant
　　Dans un petit village,
De ceste nuit & de nos sens
　　Vient illustrer l'ombrage.
Dressons nos vœux à cet enfant
　　Qui d'enfer nous dégaige.

Adorons donc d'un cœur ardant
　　Cet enfant invissage
Qui, du ciel voulté descendant,
　　Se donne pour partage.
Dressons nos vœux à cet enfant
　　Qui d'enfer nous dégaige.

LXVIII.

Il y a jà long-temps que la cap-ti-vi-te du pé-ché nous tour-
Nous de-vons au-jour-d'hui es-pé-rer li-ber-te Car Dieu nous la pré-

men-te & en rom-pant nos chaî-nes et ros fers il
sen-te

est ve-nu il est ve-nu nous ti-rer des en-fers.

Il y a jà longtemps que la captivité
    Du péché nous tourmente;
Nous devons aujourd'huy espérer liberté,
    Car Dieu nous la présente,
Et, en rompant nos chaines & nos fers,
Il est venu, il est venu nous tirer des enfers.

Les démons ont tremblé le voiant arriver,
  Perdant toutte assurance,
Car c'est pour cet enfant qu'on leur verra oster
  Du monde la puissance,
Puisque, rompant nos chaines & nos fers,
Il est venu, il est venu nous tirer des enfers.

C'est cejourd'huy que Dieu descouvre sa bonté
  Et monstre sa puissance,
Unissant pour jamais à sa divinité
  Nostre mortelle essence,
Et puis, après avoir rompu nos fers,
Nous retirant, nous retirant du profond des enfers.

Une vierge sacrée, issue du Tout-Puissant,
  Devient mére féconde,
Produisant ceste nuit aux mortels un enfant
  Qui vient sauver le monde,
Et, en rompant nos chaines & nos fers,
Nous retirant, nous retirant du profond des enfers.

Les anges, descendant du ciel, ont annoncé
  La venue admirable,
Les pasteurs se hastant d'y aller, l'ont trouvé
  Dans une pauvre estable,
Cil qui, rompant nos chaines & nos fers,
Il est venu, il est venu nous tirer des enfers.

Sus, sus donc, adorons cest enfant homme & Dieu,
    Affin que par sa grâce,
'Nous contemplons, sortis de ce terrestre lieu,
    Sa bien heurante face,
Puisqu'en rompant nos chaines & nos fers,
Il a daigné, il a daigné nous tirer des enfers.

LXIX.

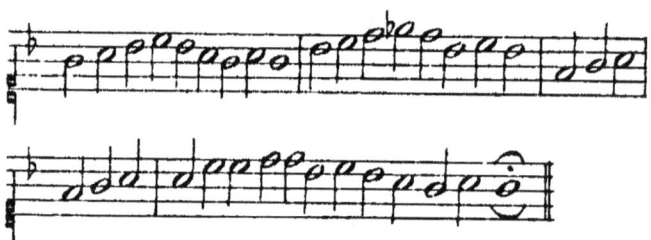

Gentils cœurs catholiques, lassés
Du dol diabolique, pensez
        Que ce jour,
        A son tour,
Vient pour dompter l'orgueil de ce traistre Satan.

Oyez la cornemeuse chanter,
Les bergers & bergères sauter,
        Et du mont
        Ils s'en vont
Au lieu auquel la voix angélique leur dit.

Oions leurs gracieuses chansons,
Voions leurs bergeriques façons,
Prés aprés
Suivons les,
Sçavoir où vont laissant leurs brebis & moutons.

Já je voy cette trouppe loger
Et en lieu méchanique renger,
Auquel lieu
Est né Dieu,
Enfant tout nud faisant une crèche son bers.

Chacun d'eux Dieu caresse naissant,
L'un faict de sa musette présent,
L'autre faict
De bon lait
Un don pour substanter ce délicat enfant.

A leurs rengs les bergères des fleurs
Et bouquets de suaves odeurs
Bien liés
Et baissés
Offrent, aussy tous font leurs rustiques honneurs.

Là je voy la pucelle gisant :
Phœbus clair ni la lune luisant
En beauté
Ni clarté
Ne semblent si beaux que la Vierge me faict.

Joseph vieux & caduque j'y vois
Qui de pleurs accompagne sa voix,
Caressant,
Bénissant
Le fruit qui a esté de son espousée conceu.

Entrons y donc faire nostre présent,
Mettons, affin que luy semble plaisant,
Cejourd'huy
Offrons luy
Nostre cœur inpollu, de tous péchés exempt.

LXX.

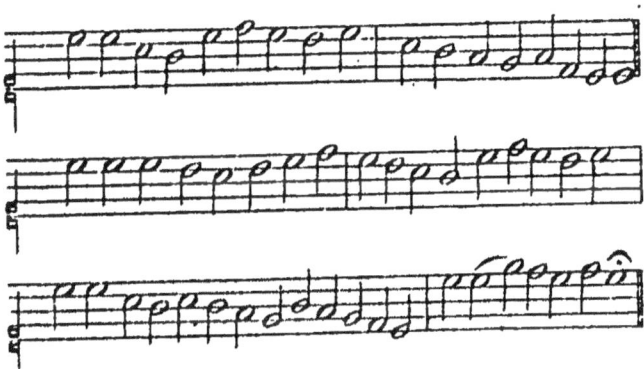

Il faict beau voir lassus en gloire
Trois personnes en trinité
Tout d'un vouloir penser mémoire
En une essence & déité :
Par tout y a équalité
Sans différence en leur nature ;
Un seul Dieu est en trinité,
    C'est chose seure. (*Bis.*)

Il faict beau voir la déifique,
Du fils de Dieu l'humanité,

Par union hypostatique
Commune à la divinité,
En une personalité
Avecques Dieu sa créature
Unie à perpétuité,
    C'est chose seure. *(Bis.)*

Il faict beau voir le fils de l'homme
Lassus à la dextre du Roy,
Qui mourut pour le mors de pomme,
Ressuscita, c'est nostre foy,
Et à la fin viendra pour vray
Juger trestous, dit l'Escriture.
Un chacun y sera pour soy,
    C'est chose seure. *(Bis.)*

Il faict beau voir sur touttes femmes
La Royne du haut firmament
En grand honneur, en corps & âme,
Sur tous les saincts divinement :
Si, la servons dévotement,
Car vers son fils toujours procure
De ses servants le sauvement,
    C'est chose seure *(Bis.)*

Il faict beau voir des ciels la dame,
La Royne du haut firmament,
Qui conceut sans aucun diffame
Le fils de Dieu certainement,
Et si garda entièrement
Virginité, vertu tant pure,
Après son doux enfantement,
    C'est chose seure. *(Bis.)*

Il faict beau voir pour nostre affaire,
Ce cy doit estre bien notté,
Le fils de Dieu devant son pére
Monstrant ses playes à son costé :
Marie est de l'autre costé,
Monstrant au fils sa nouriture
Et le ventre qui l'a porté,
    C'est chose seure. *(Bis.)*

Il faict beau voir les compagnies
Des anges & leurs nations,
Distinguées en trois hiérarchies,
Neuf ordres & mille légions :
Differends en leurs actions,
Selon le don de leur nature,
Par eux avons les visions,
    C'est chose seure. *(Bis.)*

Il faict beau voir tous les Archanges,
Les Puissances & Chérubins,
Les Dominations des anges,
Trosnes, Vertus & Sérafins :
Les principaux si sont enclins
Pour nous garder de la morsure
De l'ennemy & de ses fins,
    C'est chose seure. *(Bis.)*

Il faict beau voir tous les prophètes,
Les apostres, princes haultains,
Les martirs & les vierges nettes,
Les confesseurs, nos amis plains,
Qui prient le Roy des humains
Pour nous trestous, si, par droicture,
Les servons sans courage feint,
    C'est chose seure. *(Bis.)*

Prince puissant, donne nous grâce
De bien vivre jusqu'à la fin,
A fin que nous voions ta face
Avecques tous les saints sans fin :
Des tiens nous veuille détenir
Et nous garder de la morsure ;
Sans toy ne pourrions parvenir,
    C'est chose seure. *(Bis.)*

LXXI.

NOEL.

Sur le chant *Dame d'bonneur*.

Hélas, mon Dieu, que je suis ennuyée,
En ces bas lieux où suis emprisonnée :
Prince du tout de joie & tout honneur,
Mon Dieu, hélas, exaucez ma clameur !

Nature humaine ainsy suis appellée,
Semblable à vous comme m'avez formée,
Mais mon péché me cause un grand malheur :
Mon Dieu, hélas, exaucez ma clameur !

Voiez comment le serpent m'a trompée,
Me promettant que saurais estonnée :
Mais tombée suis par luy en déshonneur.
Mon Dieu, hélas, exaucez ma clameur !

Hélas faut-il que moy & ma lignée
Par un morceau de pomme suis damnée,
Et punie d'une telle rigueur :
Mon Dieu, hélas. exaucez ma clameur !

L'on m'a promis que je serois ostée
D'icy par vous, et ma rançon payée :
Cela beaucoup soulage ma douleur.
Mon Dieu, hélas, exaucez ma clameur !

Las ! quand viendra le temps & la journée
Que de prison par vous seray ostée,
Et vous verray, mon benoist créateur :
Mon Dieu, hélas, exaucez ma clameur !

Ne maintenez la sentence donnée
Par vous sur moy, car je serois damnée,
Mais appaisez un peu vostre fureur :
Mon Dieu, hélas, exaucez ma clameur !

Acomplissez la chose déclarée
Par vous & que de pêché sois purgée,
Venez, Seigneur, pour m'oster de langueur :
Mon Dieu, hélas, exaucez ma clameur !

ÉLOY.

1632.

NOTES

Noël I. — Ce Noël et les six suivants n'existent pas dans le deuxième manuscrit. Il en est de même des Noëls XII, XIII, XVII, XXI, XXVII, XXX, XXXIV, XL, XLI, XLIII, XLIV, XLIX, L, LI, LII, LV, LX, LXI, LXII, LXIII, LXIV, LXV, LXVI, LXVII, LXVIII, LXIX.

1re strophe. *Isnel*, rapide, agile.

Noël II. — Musique gracieuse, du cinquième ton, mélodie du mode lydien.

Noël III — Musique du premier ton (transposé), mélodie du mode dorien

1re strophe. *Hostagers*, hôtes, habitants d'un lieu.

Noël IV. — Musique Du deuxième ton, mélodie du mode hypodorien.

Cette mélodie doit être très ancienne elle est caractéristique.

Noël V. — Musique Mélodie moins remarquable que la précédente paraît inspirée par une idée bizarre, heurtée; elle semble du premier ton.

Noël VI. — Musique. Mélodie du cinquième ton, peu intéressante

3e strophe.   *Qui est couché in bourc litero*

Literon, petit lit, *bourc* ou *bourt*, bâtard, irrégulier (Godefroy) Il fau-

35

drait donc, s'il n'y a pas un texte défectueux, expliquer ce vers ainsi :
Qui est couché dans un lit petit et insuffisant (?).

Il est au lieu *gloriosa Virgo*

Au lieu [où se trouve] la Vierge glorieuse.

4ᵉ strophe. *Bethléem* : les manuscrits portent *Betheleem*. Dans ce Noel comme dans tous les suivants, sans aucun souci de la prosodie, le nom de la petite ville de Judée où naquit Jésus-Christ est écrit avec un *e* après le *th,* formant seconde syllabe. On trouve aussi plusieurs fois *Betheleam.*

On lit à la fin de ce Noel la mention du nom du copiste, *Pierre Henri Brouderie.*

NOEL. VII. — Ce Noel est précédé de portées destinées à recevoir un thème musical, mais sur lesquelles la mélodie n'a pas été écrite. La même remarque doit être faite au sujet des Noels XIX, XXI, XXII, XXVII, XXVIII, XXXVIII, XXXIX, XL, XLII, L, LI, LIII, LVI, LVII, LVIII, LIX et LXIII.

1ʳᵉ strophe. *Larris,* landes, bruyères.

4ᵉ strophe. *Toupin,* toupie, sabot à jouer.
Vire, flèche.

5ᵉ strophe. *Naulet* pour *Noëllet,* Jésus-Christ né à Noel, de même que *Nau* est dit pour Noel, *natalis.*

NOEL VIII. — Musique. Mélodie très majestueuse, du troisième ton ; mode phrygien.

Ce Noel est le dixième du deuxième manuscrit.

1ʳᵉ strophe. *Sentelle* ou plus souvent *sentèle,* petit sentier. On trouve aussi *sentelée, sentelet, sentelete.*

2ᵉ strophe. *Dessembler,* séparer, signifie la ruine du temple de Jérusalem.

3ᵉ strophe. *Un ruisseau d'huile divine.* V. note sous la huitième strophe du XLVIIIᵉ Noël.

4ᵉ strophe. J'ai veu Tizifone, Mégère,
            Alecto, Caron, Cerberus.

Par une erreur de copie assez bizarre, nos manuscrits portent :

J'ai veu Tezifone et Mégère
Allaicter Caron Cerberus.
J'ay vu là gisier Titius...

Gisier, gésir, être couché, *jacere.*

Titius, Titan, fils du Ciel ou d'Uranus, fut le père des Titans, que l'on confond souvent avec les Géants.

Le manuscrit porte à tort :

J'ay veu le gisier Titius...

NOEL IX. — Ce Noël est le vingt-quatrième du deuxième manuscrit. Titre. *Trudaine,* moquerie, tromperie. *Noël en forme de trudaine,* Noël comique.

1ʳᵉ strophe. *Messiau,* diminutif de Messie.

2ᵉ strophe. *Décolle,* ôte ses vêtements, change de vêtements.
            Mousselet, moussu, couvert de mousse. *Partons en un mousselet,* allons en un endroit couvert de mousse.

3ᵉ strophe. *Eédit,* édit, ancienne forme. Nous retrouverons cette forme dans les dix-neuvième et trente-deuxième Noëls.
            Cornet, instrument de musique, trompette.
            Cabinet, petite chambre.

4ᵉ strophe. *Hocqueton,* houlette.
            Palletot, espèce de pourpoint.
            Briquet, chien basset.

> *Marquet,* autre espèce de chien.
> *Biquet,* chevreau.

5ᵉ strophe. *Drille,* rougis.

7ᵉ strophe. *Hastille,* andouille, boudin, de *hasta,* broche.

8ᵉ strophe. *Caste,* chaste.

Noel X. — Ce Noel est le vingt-cinquième du deuxième manuscrit. Thême musical joyeux et gai, bien postérieur aux paroles, mais s'y adaptant heureusement.

8ᵉ strophe. *Lassus,* là-dessus, là-haut, *sursum.* Nous retrouverons ce mot dans plusieurs autres Noels.

Noel XI. — Ce Noel est le treizième du deuxième manuscrit. Musique du sixième ton, mode hypo-lydien.

2ᵉ strophe. *Pernoctez,* passez la nuit, de *pernoctare.*

5ᵉ strophe. *Prémissaire,* préalable.

7ᵉ strophe. *Paranimphe,* panégyriste. On sait que les Latins nommaient paranymphe celui qui conduisait par honneur l'épousée.

9ᵉ strophe. *Brèche* ou *brèque,* gâteau ou rayon de miel.

10ᵉ strophe.   Pourquoy ton œil alenbique...

       Alenbiquer, distiller.

14ᵉ strophe. *Grand erre,* promptement, avec empressement. Nous retrouvons cette locution dans le seizième Noel.

15ᵉ strophe. *Panthée,* adoration.

Noel XII. — Musique du deuxième ton, transposé.

Noel XIII. — Titre. L'auteur de ce Noel, Jacques de Godebille, nommé curé de la Madeleine de Verneuil le 4 octobre 1586, mort dans ses fonctions, fut remplacé par Henry Boivin, nommé le 17 mai 1613. Il contribua grandement à préserver ses concitoyens et à empêcher le pillage de la ville de Verneuil lors des guerres de la Ligue.

Son épitaphe intéressante existait encore dans l'église de la Madeleine au XVIIIᵉ siècle ; des travaux de restauration l'ont fait disparaitre.

Le texte nous en a été obligeamment communiqué par M. l'abbé Dubois, curé de Notre-Dame de Verneuil.

« Cy gist Mᵉ de Godebille distingué par ses vertus, le seul nom en fait l'éloge : Il fut d'abord confesseur du Roy Henri trois ; ensuitte souhaitté de tous les citoyens, il revint à Verneuil sa patrie dont ayant été lenfant chéry, il en devint le père Illustre; Elève et protecteur des Muses, sa science son zèle pour le bien public et son insigne piété luy aquirent tous ces titres recommandables. Enfin après avoir gouverné pendant 27 ans la cure de la Madelaine agé de 68 ans il est mort le 17 des Calendes de may l'an 1613. »

6ᵉ strophe. *Desserre*, abandon. — Phrase obscure.

14ᵉ strophe. Cette strophe est incomplète : les deux derniers vers manquent dans le manuscrit.

NOEL XIV. — Musique. Sans caractère et peu intéressante.

10ᵉ strophe. *Aoré*, adoré.

NOEL XV. — Musique. De style moderne, postérieure aux paroles. Refrain. Il ne se trouve à la fin des strophes du Noël que dans le premier manuscrit, et on remarque que, dans le chant qui précède le Noël (dans ce même manuscrit) il n'est pas noté.

NOEL XVI. — Musique originale et gracieuse, du deuxième ton en A. Ce Noël est le cinquième du deuxième manuscrit.

1ʳᵉ strophe. Variante du sixième vers, dans le deuxième manuscrit.

Comme l'ange avoit prédit

6ᵉ strophe.   La porte close, Ezéchiel
                Nous en donne aprobation.

Ezéchiel XIV, 1, 2 et 3. « *Et convertit me ad viam portæ sanctuarii exterioris quæ respiciebat ad orientem ; et erat clausa. Et dixit Dominus ad me : porta hæc clausa erit ; non aperietur, et vir non transibit per eam : quoniam Dominus Deus Israël ingressus est per eam, erit que clausa Principi.* »

Voir *Les Mystères de l'Incarnation et de la Nativité*, publiés par M. P. Le Verdier (édition des Bibliophiles normands), t. I. p. 18.

9ᵉ strophe. *Altitonnant*, celui qui tonne au plus haut des cieux, *altitonnans*.

10ᵉ strophe.   Et par le péché criminel,
                 Tous les Sodomites mourir

La mort de tous les Sodomites pendant la nuit de Noel est l'un des récits de la *Légende dorée*. On retrouve cette tradition dans le *Mystère de l'Incarnation*, deuxième journée, p. 241.

A la suite du seizième Noël se trouve, dans le premier manuscrit, un Noël très gracieux, qui débute ainsi :

> Noël Naulet, Noel chantons icy,
> Nouvelles gens, crions à Dieu mercy.
> Chantons Noël pour un Roy nouvellet
> Noël Naulet !

Ce Noel se lit aussi, avec quelques variantes, dans le deuxième manuscrit, où il porte le n° 6.

Nous ne l'avons pas reproduit, parce qu'il a déjà été publié, notamment dans la *Grande Bible des Noëls tant vieils que nouveaux composés à la louange de Dieu et de la Vierge Marie* (Troyes, 1699), et dans les *Vieux Noëls* publiés par M. Lemaignen (Nantes, Libaros, 1876), t. I, p. 33. Il existe également (n° 13), dans un *Recueil de Noëls*, manuscrit de la Bibliothèque de Rouen (fonds Montbret, n° 538).

Nous n'avons pas reproduit davantage la musique, assez intéressante, du deuxième ton en A, du mode hypo-dorien, qui se trouve à la suite de ce Noël, et dont le rythme cadre d'ailleurs assez difficilement avec les paroles.

NOEL XVII. — Thème musical assez mélodique, du sixième ton, mode hypo-lydien.

10ᵉ strophe. Je luy donneray du boudin
Et aussy de la saussisse

Sur les divers dons des bergers, voir l'Introduction.

NOEL XVIII. — Nous ne possédons que les deux strophes finales (moins le premier vers de la première) de ce Noël, par suite de la disparition d'un feuillet du premier manuscrit. Encore cet accident ne nous permet-il pas de connaitre en entier le refrain, dont le premier vers seul est indiqué, avec référence aux strophes précédentes.

Un autre feuillet du premier manuscrit, le cent soixante-dix-neuvième, a été également enlevé, ainsi que nous l'indiquerons plus tard, mais la lacune ainsi produite peut être réparée à l'aide du deuxième manuscrit. Il n'en saurait malheureusement être ainsi pour le dix-huitième Noël, le deuxième manuscrit ne le reproduisant pas.

NOEL XIX. — Ce Noël est le septième du deuxième recueil.

NOEL XX. — Musique de style moderne, mais heureusement appropriée aux paroles du vieux Noël, dont elle a la fraicheur et la simplicité.

Ce Noël est le huitième du deuxième manuscrit.

Nous ignorons la signification du monogramme composé des lettres P. A. L. N., existant en tête de ce Noël. Deux autres monogrammes, formés d'autres lettres, existent en tête des Noëls XLI et LXIII.

Ce Noël est la traduction ou la paraphrase du *Magnificat*.

Noᴇʟ XXI. — Ce Noël porte à tort, sur le premier manuscrit (le seul qui le contienne), le chiffre XX.

5ᵉ strophe. *Cumène,* la sybille de Cumes.

7ᵉ strophe.   Justice et paix se sont aimées
               Qui s'estoient absentées

Paraphrase assez pauvre du texte : *justitia et pax osculatæ sunt.*
8ᵉ strophe. *Pour sciens estre tenus.* Pour être tenus au courant du fait.

Noᴇʟ XXII. — Ce Noel est le deuxième du deuxième manuscrit. Titre. Le psaume « Ainsy qu'on oit le cerf braire » est le quarante-unième : *Quemadmodùm desiderat cervus.*

1ʳᵉ strophe. *Forbany,* exilé.

2ᵉ strophe. *Ort,* ou mieux *ord,* sale, *sordidus.*

5ᵉ et 6ᵉ strophes. Ce Noel, dirigé contre les protestants, est remarquable par l'affectation et la vigueur, dignes de saint François de Sales, avec lesquelles sont dénoncées la torpeur, la lenteur, la paresse du clergé catholique.

9ᵉ strophe. — *Qu'il relaisse son erreur.* — *Relaisser,* abandonner.

Noᴇʟ XXIII. — Musique. Du deuxième ton ; quelque analogie avec le chant du *Benedicamus* des fêtes de première classe.
Ce Noel est le vingtième de notre deuxième manuscrit.
Il existe, pour partie, dans le manuscrit Virois de la Bibliothèque nationale, F. français, Nouv. Acquis., n° 1274. Il est le dix-huitième Noel de ce manuscrit, et n'a que quatre strophes, qui sont la première, la deuxième, la quatrième et la cinquième de nos manuscrits (ces deux dernières interverties). Trois de ces strophes n'apportent à notre texte

que des variantes insignifiantes; l'avant-dernière en diffère sensiblement;
en voici les termes :

> Or est venu le noble Roy loger
> Chez la Virge qui très bien l'a receu
> En son ventre neuf mois sans desloger
> L'a hébergé comme chacun l'a sceu
> Du Saint Esprit la Virge l'a conceu
> Et bien longtemps sans œuvre de nature
> Au desloger n'a point fait d'ouverture.

Ce Noël a pour auteur le poète Virois Jean Le Houx, à moins que
celui-ci n'en ait été simplement le copiste. Voir sur ce point : 1° l'*Etude*
de M. A. Gasté, professeur à la Faculté des Lettres de Caen, *sur les
Noëls virois de Jean Le Houx*, Caen, Legost-Clérisse, 1862; 2° le *Mémoire* de M. Gasté *sur les Noëls et vaudevires du manuscrit de Jehan Porée*,
publié, en 1884, dans le *Bulletin de la Société des Antiquaires de Normandie*, t. XII, p. 215-290.

3° strophe. *Desroy*, désastre, infortune (Roquefort).

Même strophe. On écrivait indifféremment *marquer* et *merquer*; nous
avons cru, sans corriger le texte, devoir conserver ces deux leçons dans
la même strophe.

NOEL XXIV. Musique. Du premier ton, bien caractérisé. Il est diffi-
cile, pour ne pas dire impossible, d'y adapter les paroles.

Ce Noël est le vingt-unième du deuxième manuscrit.

1ʳᵉ strophe. *Hait, hilaritas*, joie, bonne volonté.

3° strophe. *Ignel, ignitus*, enflammé. Peut-être faut-il lire *isnel*,
agile.

NOEL XXV. — Le thème musical, du deuxième ton en A, qui précède ce Noël dans le premier manuscrit, a paru tellement insignifiant, et
s'accorde si peu avec les paroles qu'on ne l'a pas reproduit.

Ce Noël est le neuvième du deuxième manuscrit.

Nous ne connaissons aucun détail sur l'auteur que sa qualité, mentionnée dans le titre, de vicaire de Baslines. Baslines ou Balines est un village de 271 habitants, du canton de Verneuil.

Guillaume Le Guey est également l'auteur de la *chanson spirituelle* qui suit, et des trentième et trente-cinquième Noëls.

6ᵉ strophe. *Tout rond,* tout autour d'eux. Ce vers a été omis dans le premier manuscrit.

15ᵉ strophe. *Intents,* propositions, désirs.

NOEL XXVI. — Musique. Du deuxième ton en A, découpée comme celle d'un hymne.

Ce Noël est le vingt-troisième du deuxième manuscrit.

Il peut être rapproché de plusieurs Noels connus, qui se trouvent dans la *Grande Bible de Noëls tant vieux que nouveaux.* Troyes, Garnier, s. d. (1738) :

> Chantons, je vous prie,
> Par exaltation,
> En l'honneur de Marie
> Pleine de grand renom...

> Chantons, je vous prie,
> Noel hautement,
> D'une voix jolie,
> En solemnisant
> De Marie pucelle
> La conception
> Sans originelle
> Maculation...

> Chantons tous Noel, mes amis.
> Le maître du Paradis
> A choisi une pucelle
> Pour être mère de son fils...

5ᵉ strophe. *La porte close.* Voir note sur la sixième strophe du seizième Noël.

15ᵉ strophe. *Bergerons de bait.* Voir note sous le vingt-quatrième Noël.

20ᵉ strophe. *Luy dirai-je point Dieu gard?* — « Dieu vous garde! » ormule de salut.

21ᵉ strophe. Cette strophe, qui débute ainsi :

> Moy, Eloy, lui donneray
> Une chemisette...

n'existe que dans le deuxième manuscrit. N'a-t-elle pas été intercalée par Eloy qui, dans le même manuscrit, a mis son nom à la fin du trente-neuvième et du soixante-onzième Noëls? Nous examinons cette hypothèse dans l'Introduction.

NOEL XXVII. — Titre. *En forme de trudaine.* Voir note sous le neuvième Noël.

1ʳᵉ et 5ᵉ strophes. *Billart*, bâton, et en particulier bâton recourbé par le bas, bâton servant à jouer aux boules.

6ᵉ strophe. *Mortau.* On trouve plus souvent *mortal* pour mortel au singulier, et *mortaus* au pluriel.

A la suite du vingt-septième Noël se trouve, dans notre premier manuscrit, un Noël consacré à l'énumération des principales fêtes de l'Avent. Ce dernier ayant déjà été publié, notamment au tome Iᵉʳ, p. 52 des *Vieux Noëls* déjà cités de M. H. Lemaignen, nous ne l'avons pas reproduit. Voici toutefois, d'après notre manuscrit, les trois strophes de début, non imprimées dans le recueil de M. Lemaignen.

> En attendant la feste
> De Noël qui est près,
> Saincte Eglise admoneste
> *Juvenes et senes*

En parlant *ad voces*
Dict que chacun s'avance
Par certains mots exprès
De faire pénitence.

Oyez, seigneurs et dames,
La voix du Roy des roys,
Et préparez vos âmes
Car Noël vous vient voir
Que tant si grand harnois
Si l'âme n'est parée,
Jamais en tel palais
N'y fera demeurer.

Nous avons de coustume
Chacun jour en ce mois,
C'est chose bien commune
Que nous vous venons voir,
En chantant deux ou trois
Noel d'une alliance
Pour vous donner grand joye
Et grand resjouissance.

NOEL XXVIII. — Ce Noël est le vingt-septième du deuxième manuscrit.

5ᵉ strophe. *Freté*, nom de famille. Il y a dans le Loir-et-Cher le bourg de Fréteval, même origine. *Freté* entre aussi dans la composition d'un grand nombre de noms de lieu.

Gaumichon. Nous n'avons pu trouver la signification de ce mot, qui paraît être le nom d'un gâteau de pays.

Gouyère ou *goiere*, espèce de tarte, qui eut au moyen âge, dans toute la France, une grande célébrité, et est encore connue dans les provinces flamandes et wallonnes. — Dans l'arrondissement de Pont-Audemer, la gouyère est une mesure pour la crême. « Les gohières n'étaient qu'une espèce particulière de flans. » Le Grand d'Aussy, *Histoire de la vie privée des Français,* 1re partie, t. II, p. 251.

Noël XXIX. — Ce Noël est le quinzième du deuxième manuscrit. Dans le premier, il existe deux fois, à cette place et sous le n° 51. Il n'y a pas de variantes entre les deux textes ; seule, la mélodie présente quelques différences dans la valeur des notes.

Mélodie plaintive, la même que celle du seizième Noël.

On trouve aussi un *Noël d'Adam et de nature humaine,* dans les *Grans Noëls nouveaux,* de Lucas Lemoigne, curé de Saint-Georges-du-Puy-la-Garde, en Poitou. Paris, chez Jacques Nyverd, vers 1530 (Goth. de 24 f. — Réimprimé en 1860 par le baron J. Pichon), mais il ne présente avec le nôtre d'autre analogie que le sujet.

1re strophe. Rapprocher le dialogue d'Adam et d'Eve dans le *Mystère de l'Incarnation,* édition de la Société des Bibliophiles normands, t. I, p. 65.

> C'est donc bien raison
> Que toute saison
> Je pleure et lamente,
> En cette maison
> Tenu en prison,
> Pour payer la rente
> Dont, par fole entente,
> Toute obligay l'ente
> Du lignaige humain, etc.

3e strophe. Il t'a donné dessus ton suc....

Suc, sommet. cime. — « Le Créateur t'a renversé du sommet sur lequel il t'avait placé. »

4e et 5e strophes. Termes de procédure dont Adam et la nature

humaine se servent, dans leur dialogue, à peu près aussi maladroite-
ment l'un que l'autre.

9ᵉ strophe. *Rigueur se pend,* la rigueur est suspendue.

11ᵉ strophe. *Chacun soit garni de son cas,* ait pris ses dispositions.

12ᵉ strophe. *Malettes,* gibecières.

            Chants armonique et primerain. — *Primerain* ou *preme-
rain,* premier, excellent.

NOËL XXX. — Musique. Mélodie d'une allure mouvementée, très
intéressante, mais irrégulière dans ses cadences et d'une tonalité incertaine.

1ʳᵉ strophe. *Poupine,* gracieuse, mignonne.

Dans le refrain de ce Noel le mot *Christe* est écrit *Xpe.*

NOËL XXXI. — Musique. Le motif est, à quelques notes près, le
même que celui écrit en clef d'*ut* en tête du Noël cinquante-deuxième
ci-après.

7ᵉ strophe. *La déité.* — Ce vers manque dans les deux manuscrits.
Nous l'avons restitué hypothétiquement d'après le sens de la phrase.
Le vers doit être certainement ou *la déité* ou *l'humanité* (de l'homme-
Dieu), mais la première version est plus simple et plus intelligible. —
Voir la même idée dans la strophe deuxième du quarante-unième Noel.

NOËL XXXII. — Ce Noel est le trente-unième du deuxième manuscrit.

NOËL XXXIII. — Mélodie de style moderne, du cinquième ton,
simple et naïve.

Ce Noel est le trente-deuxième du deuxième manuscrit. Il est l'œuvre
de Nicolas Denisot, peintre et poète, qui vécut à la Cour de François Iᵉʳ et de Henri II, et qui devint, grâce à son anagramme, le comte

d'Alsinoys. On le trouve en effet dans les *Noëls nouveaux* composés par le comte d'Alsinoys, pour l'an 1545. Bibliothèque du Mans, n° 3,657.

4° strophe.
> Le paranimphe
> A desjà visité
> La belle nimphe.

Voir note sous la septième strophe du onzième Noël.

12° strophe. *Mener rusterie*, faire grand tapage.

16° strophe. *Viendras-tu o nous.* — O pour avec ou avecque, encore employé. Le peuple dit souvent : Viens o nous, d'o nous, etc.

18° strophe. *Par ard arroy*, en rapide équipage, *ardens*.

Noël XXXIV. — Mélodie du premier ton, bien caractérisée, cadences bien formées.

10° strophe. *A fillé*, a engendré, a eu pour fille (?)
> *Consistoire*, existence, être.
> *Qui aller à luy s'attend*, qui se prépare à descendre au
> purgatoire.

Noël XXXV. — Ce Noël est le trente-quatrième du deuxième manuscrit.

Dans le deuxième manuscrit, ce Noël est incomplet ; il est interrompu au troisième vers de la neuvième strophe.

24° strophe. *Impropère*, reproche, *improperium*.

Noël XXXVI. — Ce Noël est le trente-cinquième du deuxième manuscrit, qui ne contient toutefois que les cinq premières strophes et les trois premiers vers de la sixième. Le Noël est ensuite brusquement interrompu et n'a pas été terminé par le copiste. Un feuillet et demi laissé en blanc paraît indiquer que son travail est resté suspendu.

Ce Noël se retrouve dans le manuscrit Virois de la Bibliothèque na-

tionale dont nous avons parlé dans les notes sous le vingt-troisième
Noel. Il porte dans ce manuscrit le n° 18, mais ne comprend que six
strophes, dont la deuxième et la sixième diffèrent entièrement de notre
texte. Voici ces deuxième et sixième strophes d'après le manuscrit de
Jean Le Houx.

Au grand fleuve du Jourdain
Saparut par grand mistere
Ung miracle souuerain
Dieu le filz et Dieu le Pere
Le Sainct Esprit y estoit
Qui par dessus voletoit
Cela fut par art diuin faict
Ainsy estoit-il tout parfaict
  Et le Roy boit

Prions testous de bon cœur
Lenfant et aussy sa mere
Qu'il nous doint estre vainqueurs
Contre le serpent vipere
Et que soyons sans faillye
En paradis o Marye
Cela fut par art diuin faict
Aussi estoit-il tout parfaict
  Le Roy boit.

Voir, sur les chansons du *Roy boit*, l'étude précitée de M. Gasté sur
le manuscrit de Jehan Porée, p. 252, et les autorités qu'il cite, Eug. de
Beaurepaire, *Etude sur la poésie populaire en Normandie,* Avranches,
1856, p. 12, la *Friquassée crotestyllonnée,* édition Blanchemain, p. 16 et
92, et les *Lettres de Guy Patin* (14 janvier 1671).

1ʳᵉ strophe.   Comme sa mère consierge

Consierge pour servante (du seigneur), proprement garde, de *conservare,*
basse latinité *consergius.* Nous retrouvons dans un autre Noel cette traduction naïve du mot *ancilla.*

A rapprocher, dans la quatrième strophe du vingt-quatrième Noël :

> Chambrière suis
> A Dieu mon père éternel.

Dans la deuxième du quarante-sixième Noël :

> Luy répondit courtoisement :
> Je suis sa chambrière indigne.

Et dans la sixième du quarante-cinquième Noël :

> Je suis, dit-elle, de luy très humble ancelle
> Entière et belle.

4° strophe.·   Aux nopces d'architriclin.

C'est-à-dire aux noces de Cana, où Jésus-Christ ordonna de porter au maître d'hôtel *(architriclinus)* l'eau qu'il venait de changer en vin. Evangile selon saint Jean, II, 8 et 9. « *Et dixit ei Jesus : Haurite nunc et ferte architriclino. Ut autem gustavit architriclinus aquam vinum factam,... vocat sponsum architriclinus.* » L'*architriclinus* est pris ici pour le marié.

La musique de ce Noël est, dans le manuscrit, placée à la fin, contrairement aux habitudes du copiste. Elle est du cinquième ton, correcte, sans présenter beaucoup d'intérêt.

NOEL XXXVII. — Musique, d'une tonalité indécise, présentant quelque analogie avec les répons ou *improperia* de l'office du Vendredi-Saint.

Ce Noël est le dix-septième du deuxième recueil.

NOEL XXXVIII. — 3° strophe. *Glout,* glouton.

NOEL XXXIX. — 4° strophe. *Aoré,* adoré.

> Ses usuriers confondre et abismer.

Ne doit-on voir dans ce vers qu'un souvenir du psaume 71, verset 14 :

37

Ex usuris et iniquitate redimet animas eorum, ou, d'après les détails qui suivent, n'est-ce pas une allusion, soit aux conséquences d'une disette récente, soit à celles de la misère à laquelle le peuple se trouvait réduit à la suite des guerres de la fin du xvi° siècle et notamment des guerres de religion et de la Ligue ?

On lit dans le deuxième manuscrit, à la fin de ce Noël, les mots : *par Eloy*. V. à ce sujet la note sous la vingt-unième strophe du vingt-sixième Noel.

Noel XLI. — Le jambage gauche de l'A initial de ce Noël est figuré par une femme nue, jouant d'une longue cornemuse et debout sur un piédestal, sur la face antérieure duquel sont deux monogrammes, formés : le premier, des lettres F et P ; le second des lettres B et V, séparées par un blason de fantaisie.

Sur la face latérale droite du même piédestal, autre blason de fantaisie portant deux plumes d'oiseau en sautoir.

On retrouve ces deux blasons, soutenus par deux valets, dans un dessin enluminé à la suite du Noel vingt-troisième.

Nous avons déjà signalé deux monogrammes, mais formés d'autres lettres, dans l'R initial du vingt-unième Noël ; la lettre initiale du soixante-troisième Noel reproduit en monogramme les lettres P. B. V.

5° strophe.
> Pendons nostre armoirie
> Au bout de nos bastons

Armoirie a ici sa signification propre, les corps de métiers ayant chacun ses armoiries, ses insignes.

8° strophe. *Formage*, ancienne et véritable orthographe de fromage, soit que ce mot dérive de *forma*, comme le veut Ménage, ou de *foràs missa aqua*, comme l'indique du Cange. — Dans d'autres Noëls, le mot fromage est écrit avec l'orthographe moderne.

9° strophe.
> A luy tout fort habonde
> D'excellente bonté,

> Que mon dire se fonde
> Que c'est la déité.

Tout ce qui est bon et excellent abonde tellement en lui que je reconnais la divinité.

Noël XLII. — Ce Noël est le vingt-deuxième du deuxième manuscrit.

2ᵉ strophe. *Pasquière* ou *pasquère*, pastoure, femme de pasteur.

Gringotoit. — *Gringoter* ou *gringenoter*, fredonner, chanter.

Gorgère ou *gorgerelle*, gorge, ou plus souvent ce dont on entoure la gorge.

Gorrière, glorieuse, triomphante.

3ᵉ strophe. Il est évident que, à la différence de Collinet et Robinet, Jean Godard, Deschênes, Savare, Papin, Pierre Moussard, Guymon, sont à Verneuil des personnages ou des musiciens connus, et l'on peut supposer que les deux strophes qui contiennent leurs noms ont été insérées dans un Noël de composition plus ancienne. Quelle était la profession de Godard ? Le cinquantième Noël nous l'indique :

> Lors un nommé Godart
> Faisoit des petits pâtés,
> Cornuyaux et galettes...

4ᵉ strophe. *Avec Balison.* Le deuxième manuscrit porte : *Avec Salicon.*

5ᵉ strophe. *Parfond*, profondément, fortement.

6ᵉ strophe. *La dame se baitte. Haiter*, réjouir, *habiturire*. V. note sous le vingt-quatrième Noël.

8ᵉ strophe. Le Normand qui, à titre de singularité, est ainsi désigné, chaussé de grandes galoches, sachant préparer le charbon de bois, comme on en faisait et on en fait encore dans toutes les forêts de Normandie, indique suffisamment que ce Noël n'est pas d'origine normande.

Un convive feist, convivium, repas.

Pesson. Le mot *pesson* ou *paisson* indique toute espèce de nourriture. Nos manuscrits portaient *pessent*, mot dont la signification serait inconnue.

Godelurons. Nous n'avons pu préciser la signification exacte de ce mot.

9ᵉ strophe.

> Nous fusmes lasses
> Plus que de sepmaine.

Nous fûmes plus fatigués que par le travail de toute une semaine.

> Dame souveraine,
> De vous nous tenons

Nous sommes vos tenanciers, nous relevons de vous, nous vous appartenons.

Noël XLIII. — Ce Noël ne se trouve pas dans notre deuxième manuscrit. Il existe sous le n° 4, dans le manuscrit Virois de la Bibliothèque nationale dont nous avons parlé dans les notes des vingt-troisième et trente-sixième Noels, et dans lequel il ne présente avec notre texte que des variantes peu importantes. Quoique notre premier manuscrit attribue à ce Noël la date de 1597, il semblerait être d'une date plus ancienne, car presque tous les Noels du manuscrit Virois ont été copiés en 1581. Sur ce dernier manuscrit, il est signé I. P. (Jehan Porée), signature qui indique plutôt le copiste que l'auteur, d'après l'étude précitée de M. Gasté.

Il y a, dans le manuscrit Porée, une interversion entre les quatrième et cinquième strophes.

1ʳᵉ strophe. S'escourtissant pour montrer sa valeur *(Ms Porée* lueur)

Se raccourcissant pour faire place au jour. Par une faute bizarre de copie, nos manuscrits portent *ses courtisans.*

Fut déceu de son temps (Ms. Porée : *de son sens,* leçon préférable).

Deceu de son temps ou de son sens, privé de la vie.

2° strophe.   Qui les yeux m'enclouit
                    Et en dormant fantazie m'amena.   (Ms. Porée.)

4° strophe. *O le doigt.* Voir note sur le trente-quatrième Noël.

5° strophe. *Carneaux* (Ms. Porée : *Carniaux*), créneaux, ouvertures.

NOEL XLIV. — Ce Noël, d'une écriture moderne, a été intercalé à cette place dans le premier manuscrit, et n'existe pas dans le deuxième. Il porte à la fin le nom de Fr. Gibouin, son auteur probable.

NOEL XLV. — Ce Noël est le onzième du deuxième manuscrit.

NOEL XLVI. — Ce Noël est le douzième du deuxième manuscrit, dans lequel il porte pour titre : Noël sur le chant « le faux serpent ». Nous allons reproduire plus loin ce chant : « Le faux serpent jadis maudit... », c'est notre cinquante-sixième Noël.

Le titre du premier de nos manuscrits, que nous avons conservé, indique que le Noël quarante-sixième s'exécutait aussi sur le chant « Infidèles pernicieux », autre Noël qu'on retrouvera ci-après sous le n° 49.

Nous n'en imprimons pas moins le motif musical noté dans notre premier manuscrit, et qui mérite de ne pas être supprimé. Il est du deuxième ton transposé.

2° strophe. *D'une voix série* (2° ms. *sérye*), douce, harmonieuse.

4° strophe.   En ce n'auras tu ouvrement
2° Manuscrit.   En ce n'auras plus de tourment.

6° strophe. *Attentique.* Sans doute mis pour *attentive*, à cause de la rime. Ce mot n'est pas employé.

NOEL XLVII. — Ce Noël est reproduit deux fois dans le deuxième manuscrit sous les n°° 4 et 26.

La musique est du deuxième ton transposé.

NOEL XLVIII. — Mélodie jolie et gaie, du sixième ton.

Ce Noel est le vingt-deuxième du deuxième manuscrit.

Titre. Voir, sur l'auteur, la note première du treizième Noel.

5ᵉ strophe.

David dans la bergerie
Veit le lion furieux
La gardant d'être périe
Rompit sa machouire en deux

1ᵉʳ *Livre des Rois*, chap. XVII, vers. 34-37 : *Dixit que David ad Saul : Pascebat servus tuus patris sui gregem, et veniebat leo, vel ursus, et tollebat arietem de medio gregis : et persequebar eos, et percutiebam, eruebamque de ore eorum ; et illi consurgebant adversum me, et apprehendebam mentum eorum, et suffocabam, interficiebamque eos.*

6ᵉ strophe.

Une voix lui révelle
Le fils du Dieu vivant
Qui naîtra de pucelle

Orac. sibyll. VIII, 269-270 : *Le Fils de Dieu viendra* (comme juge) *dans le sein d'une vierge.*

7ᵉ strophe.

Lors sibille prophétique, etc.

Nous n'avons pu retrouver, malgré nos recherches, ce passage dans les Livres sibyllins, et peut-être faut-il en conclure que des sibylles aussi bien que des légendes des saints, la littérature populaire a parlé un peu à l'aventure, s'en fiant à des rumeurs et à des traditions vagues.

8ᵉ strophe.

Toutte idole égiptienne
Fut conculquée de tous points, etc.

Orac. sibyll. V, 278-282 : *Ni les chiens ni les vautours ne seront plus vénérés, comme l'Egypte apprit à le faire a des bouches stupides et à des lèvres insensées. Le sol sacré des Hébreux, seul, portera toutes choses, et fera couler à tous les justes l'ambroisie de son lait.*

Dans le *Mystère de l'Incarnation*, déjà cité, vers la fin du Mystère (deuxième journée, p. 405, 437, 456), Octavian demandant à la Sybille s'il naîtra quelqu'un plus grand que lui, la prophétesse lui fait voir la Vierge apparaissant entourée d'un cercle d'or, et portant sur ses genoux un enfant, le Roi des rois.

La même prophétie est rappelée dans la dixième strophe du quarante-neuvième Noël, qui l'attribue à la Sybille Tiburtine.

> Lors fut la claire fontaine
> Defluant huile aux Romains.

La sibylle annonce de même, dans le *Mystère de l'Incarnation*, première journée (p. 59), que la

> ..... fontaine de Rome,
> Qui maintenant donne eau si clère,
> Dourra huile ;

et le prodige apparait dans la deuxième journée (p. 351, 421, 429, 431.)

Cet oracle est reproduit d'après la *Légende dorée*, de Jacques de Voragine, qui l'indique dans le *Tractatus de Nativitate Domini*, et l'emprunte aux livres d'Orose, d'Innocent III et d'Eusèbe ; mais si le prodige est mentionné par ces auteurs, la date est au moins bien incertaine. Jacques de Voragine le rapporte à l'époque de la naissance du Sauveur ; Orose le place au temps où Octave, vainqueur de Pompée et de Lépide, entra dans Rome et se fit décerner la puissance tribunitienne, c'est-à-dire environ trente-cinq ans avant l'ère chrétienne. L'église Santa Maria in Trastevere a gardé le souvenir du miracle opéré au lieu où elle s'élève. En effet, dans l'inscription qui accompagne la mosaïque de la façade, on lit encore les mots : « Tunc oleum fluo », et ceux-ci, près du sanctuaire, sur une table de marbre : « Fons olei ». — V. à la suite du *Mystère de l'Incarnation* les *Notes et Éclaircissements* de M. P. Le Verdier (p. 10 à 14), dont sont extraits ces renseignements.

9ᵉ strophe.   En ce palais d'honneur
> Entra la porte close.

Voir note sous la sixième strophe du seizième Noël.

10ᵉ strophe. *Prends pour nous la querelle, querela,* plainte . Prends la parole pour soutenir nos plaintes.

Voir note première du trentième Noël.

Noël XLIX. — Musique. Mélodie assez terne du deuxième ton, la même que celle du quarante-sixième Noel. — Voir la note première du dernier Noel.

2ᵉ strophe.   Mon estat est bien simple arroy...

Comparer note sur la dix-huitième strophe du trente-troisième Noèl.

3ᵉ strophe.   Quand j'eus quatorze ans, Dieu manda
                   A Issachar, etc.

Voir *Acta sanctorum, martii,* t. III, 6, et Calmet, *Dictionnaire de la Bible,* t. I. Vᵒ *Joseph.*

7ᵉ strophe.   Le buisson que Moïse veid,
                   Qui brusloit sans aucune arsure...

Exode, chap. III, vers. 2-6. *Apparuitque eis Dominus in flammâ ignis de medio rubi : et videbat quod rubus arderet et non combureretur, etc.*

                   La verge d'Aron qui florit,
                   Qui estoit sèche sans verdure.

Nombres, chap. VII, vers. 1 à 18. *Et locutus est Dominus ad Moysen, dicens: Loquere ad filios Israël, et accipe ab eis virgas singulas per cognationes suas, a cunctis principibus tribuum virgas duodecim, et uniuscujusque nomen superscribes virgæ suæ. Nomen autem Aaron erit in tribu Levi, et una virga cunctas seorsum familias continebit : ponesque eas in tabernaculo fœderis coràm testimonio, ubi loquar ad te. Quem ex his elegero germinabit virga ejus... Sequenti die regressus invenit germinâsse virgam Aaron in domo Levi : et turgentibus gemmis exuperant flores, qui, foliis dilatatis, in amygdalas deformati sunt.*

                   Et la toison de Gédéon.

Livre des Juges, chap. VI, vers. 36-40. *Dixitque Gedeon ad Deum : Si salvum facis per manum meam Israël, sicut locutus es, ponam hoc vellus lanæ in ared : si ros in solo vellere fuerit, et in omni terrâ siccitas, sciam quod per manum meam, sicut locutus es, liberabis Israël. Factumque est itâ. Et de nocte consurgens expresso vellere, concham rore implevit. Dixitque rursus ad Deum : ne irascatur furor tuus contrâ me si adhuc semel tentavero, signum quærens in vellere. Oro ut solum velus siccum sit et omnis terra rore madens. Fecitque Deus nocte illâ ut postulaverat : et fuit siccitas in solo vellere et ros in omni terrâ.*

Nous avons vu la toison de Gédéon représentée dans un bas-relief en bois sculpté, portant la date de 1605, de l'église de la Trinité de Réville (canton de Broglie).

8ᵉ strophe.
    Jacob vous deist et recorda,
    Vostre bon père et ancestre,
    Que de la lignée de Juda
    On n'osteroit jamais le sceptre
    Tant que le Messias feust venu...

Genèse, chap. XLIX, vers. 10. *Non auferetur sceptrum de Judâ, et dux de femore ejus, donec veniat qui mittendus est, et ipse erit expectatio gentium.*

9ᵉ strophe.
    Daniel deist en mots certains
    En plain de vostre saincte huille,
    Qu'à la venue du Sainct des saincts
    Il cesseroit...

Daniel, chap. IX, vers. 24. *(Et docuit me Gabriel et dixit mihi) : Septuaginta hebdomades abbreviatæ sunt super populum tuum, et super urbem sanctam tuam, ut consommetur prævaricatio, et finem accipiat peccatorum, et deleatur iniquitas, et adducatur justitia sempiterna, et impleatur visio, et prophetia, et ungatur Sanctus Sanctorum.*

11ᵉ strophe.
    Une dame en l'isle Délos
    Deist que Dieu, sans semence d'homme,
    Serait en une vierge enclos...

Le manuscrit porte *en l'isle de Loth*, texte qui n'a aucune signification.
Nous n'avons d'ailleurs corrigé le vers qu'avec une certaine hésitation :
S'il y avait un oracle à Délos, l'île et son temple fameux n'ont jamais
donné asile à une sibylle. L'auteur du Noel a-t-il entendu désigner la
sibylle de Delphes ? C'est vraisemblable, quoique l'on ne rencontre pas
dans ses oracles l'annonce de la conception immaculée de la Vierge-
Mère.

A la suite de ce Noël se trouve, dans notre premier manuscrit seulement, un Noel dont le refrain est en ces termes :

Laissez paistre vos bestes,
Pastoureaux, par monts et par vaux,
Laissez paistre vos bestes,
Et venez chanter Nau.

Nous ne reproduisons pas ce Noel, parce qu'il a été publié dans le recueil
déjà cité de M. H. Lemaignen, t. I, p. 27. On le trouve également sous
le titre de *Noël de Châlons-sur-Marne,* à la p. 12 de la *Grande Bible des
Noëls vieux et nouveaux*, à Sillé-le-Guillaume, chez Deforges, libraire,
rue Dorée (s. d.), dans la *Grande Bible des Noëls sur la Nativité de
Jésus-Christ,* de Tours (Mame, s. d., p. 104), enfin dans les *Vieux Noëls,*
récemment publiés par la librairie Henri Gautier (Paris, s. d.).

Nous omettons également le motif musical intéressant, mais étrange
et de tonalité indécise, qui le précède.

Nous avons retrouvé ce Noël et sa musique (presque identique, mais
transposée) à la page 13 d'un recueil manuscrit de la bibliothèque de
Rouen (man. pet. in-4°, n° 578, fonds Montbret), dans lequel il est
intitulé *Noël gothique.*

Notre manuscrit présente d'assez nombreuses variantes avec celui des
recueils sus-indiqués et du manuscrit de Rouen, mais ces différences n'ont
pas assez d'importance pour motiver la publication du Noel. Seule, la
strophe finale n'existe que dans notre manuscrit ·

> Prions Jésus, le doux berger,
> Qu'il nous veille tous héberger
> Et colloquer en son manoir
> Avecque Notre-Dame
> Qu'il aime de cœur si entier :
> Qu'il nous garde de flamme
> Et d'aller en-enfer.

Noël L. — Ce Noël est une imitation, à l'usage des *bourgeois de Verneuil*, de la fameuse pastourelle *Tous les bourgeois de Chastres et de Mont-le-Héry*, très connue sous le nom de *Noël de la Cour*, et composée par un prêtre, du nom de Crestot, qui habitait l'Ile de France. Chastres est la petite ville d'Arpajon, qui prit ce nom en 1720, et toutes les localités citées dans le Noël se retrouvent dans la vallée de l'Orge, aux environs d'Arpajon et de Montlhéry. De ce Noël d'Arpajon, il existe trois textes différents. (V. *Grande Bible des Noëls*, Orléans, Herluison, 1866.)

Nous connaissons des imitations de ce Noël qui se chantaient à Chartres, à Troyes, à Tours, à Nantes, à Verdun-sur-Meuse, à Fougères, à Noyon, à Saint-Malo, au bourg de Batz, et qui ont toutes été publiées. Celle de Tours se trouve dans le manuscrit n° 578 de la bibliothèque de Rouen (fond Montbret). On lit encore une autre imitation, mais d'un rythme différent, dans l'une des *Grandes Bibles des Noëls de Troyes* (1738) et dans la *Bible des Noëls* publiée à Noyon (Amoudry, 1807).

Les imitations ou plagiats de Noëls qui consistaient à substituer dans le texte les noms propres locaux à ceux d'une autre région ne se sont pas bornés à l'exemple que nous avons sous les yeux. On peut en trouver un autre exemple dans la *Pastourelle des paroisses de la ville d'Orléans* (1688) qui est devenue, par le même procédé, la *Pastourelle nouvelle des paroisses de la ville de Nantes*, le *Noël des paroisses de Bourges*, la *Pastourelle des paroisses de Tours*.

Sur les diverses églises énumérées dans le Noël, voir l'Introduction.

4° strophe.   Puis ceux de sainct Martin
Tous en procession
Partirent bien matin

La paroisse de Saint-Martin, contiguë à celle de Notre-Dame, avec laquelle elle est maintenant réunie, n'en est distante que d'un kilomètre environ. Verneuil était en Normandie, et Saint-Martin en France : la vallée qui les séparait s'appelle encore *l'etang de France.* C'est toujours à Saint-Martin que les habitants de Verneuil ont conservé l'habitude de se rendre en promenade les jours de fête, notamment les lundis de Pâques et de la Pentecôte.

8° strophe. *Cornuyaux* ou *cornudaux,* échaudés.

10° strophe.   Chanoine de l'église.

De l'église de la Madeleine, qui était une collégiale.

NOEL LI. — On lisait avant ce Noel, dans le premier manuscrit, un Noel qui a disparu en entier, avec les feuillets 131 et 132. La musique seule subsiste, mais ne paraît pas présenter un intérêt suffisant pour être reproduite.

NOEL LII. — Musique dù sixième ton, motif harmonieux et d'un caractère liturgique. Elle est la même que celle du Noel XXXII, ainsi d'ailleurs que le titre l'indique.

Le commencement de la deuxième strophe indique la date du Noel . 1598.

NOEL LIV. — Ce Noel est le dix-huitième du deuxième manuscrit. Mélodie simple et sans effet.

11° strophe.   Feist renverser cest idole de Bel

Bel ou *Baal,* la principale divinité mâle des Phéniciens, des Chananéens et des Babyloniens.

18ᵉ strophe. *Dedans Sion, son lieu d'heureuse habite...*

Habite, habitation, logement. Le verbe manque dans cette strophe.

Noël LV. — Ce Noël est précédé, dans le premier manuscrit, de la reproduction intégrale, musique et texte, du Noël vingt-quatrième ci-dessus.

Mélodie, du premier ton, sévère et imposante.

1ʳᵉ strophe.   Et la rendre certaine
Que sa gloire haultaine
Ne luy demeure pas...

« Et lui donner la certitude que la gloire d'en haut ne se fera pas attendre pour elle. »

Noël LVI. — 6ᵉ strophe. Non par virile compagnie
Comme croyons tous résolus.

On sait que la fête de l'Immaculée Conception était en honneur en Normandie dès le XIᵉ siècle, et y était générale dès le XIIIᵉ. Rapprocher dans les Noëls copiés en 1581 par Jehan Porée (Bibl. nat., fond Franç., nouv. acq. 1274, f° 51 r°) :

C'est la Conception
Qu'en grand devotion
Est ce jour célébrée ;
Par le peuple Normand
Qu'elle a tousjours fait grand
Doibt estre vénérée.

Cette fête était même commémorée pendant toute l'octave, d'après un Noël que nous n'avons pas reproduit parce qu'il a déjà été publié (V. note sur le vingt-septième Noël) et dans lequel on lit la strophe suivante :

L'Eglise vous acquise
De la Conception
De la Vierge Marie ;
Par toute nation

Elle en faict mention :
Huictaine, il est notoire,
Qui a dévotion
La doit mettre en mémoire.

Voir dans Petit de Julleville, *les Mystères*, t. II, p. 387, un curieux extrait du *Mystère de la Nativité, Passion et Résurrection de N.-S. J.-C.* ms Y f° 10, bibl. Sainte-Geneviève. — Consulter aussi *la Fête de l'Immaculée Conception de la Sainte-Vierge ou la Fête aux Normands*, par Paul Baudry, Rouen, 1848 ; le *Rapport* de M. Ballin *sur les Livres relatifs à l'Académie des Palinods, Précis des travaux de l'Académie de Rouen, 1834* (p. 197-293); l'Introduction, ci-après citée, de M. A. Héron à *la Muse normande*.

9ᵉ strophe. *Forme de serviteur prenant. Forman servi accipiens.*

10ᵉ strophe. *L'altitonant.* Nous avons déjà rencontré ce mot dans la neuvième strophe du seizième Noel.

A décerné, a décrété. *Decernere, decrevit.*

12ᵉ strophe. *Sacrets*, faucons.

Invadé, assailli.

NOEL LVII. — Ce Noel est le vingt-huitième du deuxième manuscrit.

2ᵉ strophe. *Coronal*, qui n'existe dans aucun dictionnaire, doit signifier dignitaire, comme *corone* est pris dans le sens de dignité. De *coronal* vient le mot *colonel;* on disait encore *coronel* au xviiᵉ siècle.

Ne se doit-il pas tenir jus

Jus, à bas, en bas, l'opposé de *sus.*

3ᵉ strophe. *Jars*, oies mâles.

Caïn, Caron et Tantalus

Le manuscrit porte, au lieu de Caron, *Capin*, qui ne paraît avoir aucune signification. Nous avons déjà vu le nom de Caron rapproché de celui de Tantale dans le huitième Noël, quatrième strophe.

4ᵉ strophe. *Papegay*, perroquet.

5ᵉ strophe.   Et saint Pierre, notre patron.

On a vu, par le titre, que l'auteur était vicaire de Saint-Pierre de Verneuil.

NOEL LVIII. — Ce Noël est le troisième du deuxième manuscrit.

Le psaume sur l'air duquel il devait se chanter, d'après le titre, est le cent trente-sixième, « Super flumina Babylonis, illuc sedimus... »

5ᵉ strophe. *Hardeau* ou *bardel*, jeune garçon.

6ᵉ strophe. *Coute*, matelas, couverture, coussin.

   Creneau (deuxième manuscrit, *carneau*). V. note sous la cinquième strophe du quarante-quatrième Noël.

   Linceul, lange.

NOEL LIX. — Ce Noël est le trente-troisième du deuxième manuscrit.

Titre. — Le Chant royal (on écrivait aussi Champ royal) était une ancienne pièce de poésie française, inventée au XIVᵉ siècle. Elle devait être empreinte de grandeur et de majesté. Composé de cinq ou six couplets de dix vers au moins, il roulait sur cinq rimes ramenées dans le même ordre. Le dernier vers du premier couplet servait de refrain aux suivants.

Le Chant royal était le plus souvent, comme notre Noël, suivi d'un *envoi*.

Voir *La Muse normande* de David Ferrand, publiée par A. Héron (Société rouennaise de Bibliophiles), Introduction, p. LXXVI.

5ᵉ strophe. *Larris*. Voir première strophe du septième Noël.

Envoy. Nous ne savons quel est le *prince honoré* auquel ce Noël est envoyé ou dédié, mais, s'il ne s'agit pas du prince d'un Puy ou d'une

Confrairie, on peut supposer que c'est Henri III, dont l'abbé de Godebille avait été le confesseur. (V. note sur le trente-troisième Noel.)

L'ange Gabriel, grâce de Dieu

Le nom de l'archange Gabriel signifie plutôt *force de Dieu*.

NOEL LX. — Mélodie du premier ton transposée, bien facturée, presque musicale.

1re strophe. *Sion* ou *syon*, baguette, petite branche.

NOEL LXI. — Titre : Me Maximin Deschênes fut nommé curé de Saint-Laurent le 10 janvier 1616, et mourut en 1625. Le Noel dout il est l'auteur, daté de 1596, est donc bien antérieur à l'époque à laquelle il fut placé à la tête de cette paroisse de Verneuil ; mais l'indication que Me Deschênes était curé de Saint-Laurent au moment de la composition du manuscrit reporte la date de ce recueil après janvier 1616, et non pas seulement à l'année 1613, comme nous l'avons indiqué dans l'introduction (p. xi.)

Musique. — Mélodie gaie et harmonieuse, dont le début se rapporte à la contexture du septième ton, mais qui se termine dans la tonalité du sixième.

8e strophe.   Les cirons poinçonnants...,
                 Coupèrent le filet, etc.

Allusion à la maladie pédiculaire dont Hérode mourut peu après le massacre des Innocents.

NOEL LXII. — Ce Noel, qui n'existe pas dans le deuxième manuscrit, semble bien avoir été intercalé dans le premier, d'après le caractère moderne de l'écriture. La musique du premier ton, d'un rythme très accusé, parait également d'une époque récente.

8e strophe   Rome, cable un temple par le milieu
                 Ainsi qu'avoit prédit l'oracle

Nous n'avons pu déterminer à quel oracle ces vers font allusion.

A la suite de ce Noël, il s'en trouvait un dans le premier manuscrit, qui, par suite de l'enlèvement du cent soixante-quatrième feuillet, a entièrement disparu, sauf la musique, qui est peu intéressante, et ces trois derniers vers :

. . . . . , ...
De grâce pleine,
Qui ceste nuit nous a produit
Le rameau portant fleur et fruit.

Ce Noël disparu n'existe pas dans le deuxième manuscrit.

Noël LXIII. — Dans la lettre initiale P se voit un monogramme composé des lettres P. B. V. Consulter, à ce sujet, la note sous le quarante-unième Noël.

Noël LXIV. — Ce Noël a été intercalé dans le premier manuscrit, ainsi que le prouvent l'écriture, évidemment de date postérieure, et l'orthographe. La musique, du sixième ton transposé, paraît également récente.

1re strophe.   Que jà Persien tout le monde n'adore
Qu'un si clair flambeau.

Il faut sans doute entendre que ce flambeau a plus de clarté que la constellation de Persée, l'une des constellations boréales dont l'éclat est le plus vif (?).

Noël LXV. — Musique du sixième ton, mélodieuse.

Titre. Les mots : *Autre Noël, par le même,* signifient que le soixante-cinquième Noël est comme le soixante-troisième (le soixante-quatrième ayant été intercalé depuis) l'œuvre de Mᵉ Richard, vicaire de Saint-Pierre.

Noël LXVI. — Nous ignorons le nom de l'auteur, dont le titre n'indique que les initiales.

39

La musique, du deuxième ton, est bien appropriée aux paroles de ce *Noël de gayeté*. Le premier vers du refrain doit être répété.

4° strophe. *Carolle*, danse, divertissement, de *chorea, chorus*.

Noel LXVII. — Ce Noël est précédé d'un thème musical raturé et non terminé, reproduit à la fin, avec transposition d'une quarte.

5° strophe. — *Invissage*, mot inconnu. *Viser* ou *visser* signifiant regarder, contempler, cet adjectif pourrait *peut-être* signifier « dont on ne peut soutenir la vue. » (?)

Noel LXIX. — Motif musical assez terne du deuxième ton transposé.

4° strophe. *Méchanique*, mesquin.

Noel LXX. — La mélodie, très majestueuse, qui précède ce Noel est la même, transposée d'une quarte, que celle du Noël huitième.

Les quatre premières strophes de ce Noel et les deux premiers vers de la cinquième manquent dans le premier recueil par suite de la perte du cent soixante-dix-neuvième feuillet de ce manuscrit. La reproduction du Noel est faite d'après le deuxième manuscrit, dans lequel il porte le numéro seize.

Noel LXXI. — Ce Noel est le seul du deuxième manuscrit qui ne se trouve pas dans le premier. Il est le vingt-neuvième de ce deuxième recueil.

3° strophe.   Me promettant que saurais estonnée...

« Me promettant que, à mon étonnement, j'acquerrais la science (du bien et du mal). »

www.ingramcontent.com/pod-product-compliance
Lightning Source LLC
Chambersburg PA
CBHW050154030726

47505CB00005B/1370